轉生後的我成了英雄爸爸和精靈媽媽的女兒 9

作者／松浦
插畫／keepout

Kadokawa
Fantastic Novels

彩頁、內文插圖／keepout

艾倫
主角，元素精靈。外表是小孩，內心是大人（自認為！）。

奧莉珍
艾倫的母親，精靈女王。天真開朗，身材火辣的超絕美人。

羅威爾
艾倫的父親，前英雄。溺愛妻子奧莉珍和女兒艾倫。

賈迪爾・拉爾・汀巴爾
汀巴爾國的前王太子，成了半精靈。艾倫的未婚夫。

凡
風之精靈，敏特的兒子。和凱締結契約。

雙女神
奧莉珍的姊姊，雙胞胎。分別是洞悉一切的女神沃爾，和斷罪女神華爾。

拉菲莉亞・凡克萊福特
索沃爾的獨生女。見習騎士。

索沃爾・凡克萊福特
羅威爾的胞弟。公爵世家凡克萊福特家當家。騎士團團長。

凱
見習騎士。受命擔任艾倫的護衛。

拉比西耶爾・拉爾・汀巴爾
汀巴爾國的國王。艾倫說他「腹黑」。過去曾慘敗在艾倫手下。

希爾・拉爾・汀巴爾
汀巴爾國的公主，也是賈迪爾的妹妹。個性始終冷靜沉著。

敏特
精靈國的宰相，奧絲圖的伴侶。溺愛妻子。

奧絲圖
喜好戰鬥的精靈，也是靈牙的統領。凡的母親。

維爾克、莎提雅
艾倫的雙胞胎弟妹。哥哥掌管「誠實」，妹妹掌管「正直」。

艾米爾
變成魔物風暴的核心，現在在艾倫體內沉睡。

人物介紹
character

序章

這天，汀巴爾王國是一片萬里無雲的清澈藍天。

聳立在王都中央的教堂，傳出祝福的鐘聲。白鴿受到聲音驚嚇，紛紛飛往天空，讓人聯想到展翅獨立。

儘管我早有覺悟，明白這天遲早會到來，但總是樂觀地認為精靈和人類不一樣，一定是很久以後的事。

艾倫的誕生甚至被認為是一場奇蹟，再加上對她這個下一代女神的期待，精靈們自然都會看上她。

多到不必要的訂婚提議不斷湧出，而我也一一予以摧毀。雖然奧莉珍叫著：「我會讓艾倫自由戀愛，所以不准搞策略婚姻喔！」但我可笑不出來。

光是「戀愛」兩個字，就令我反彈。我大叫：「無論哪種我都不准喔喔喔喔喔喔！」這件事就像昨天才剛發生一樣，記憶猶新。

當初能像這樣把事情帶過，其實已經算是很和平了吧——時至今日，我才終於察覺到這點。

因為今天艾倫就會離開我，展翅獨立。

艾倫獨立的個性或許是遺傳到我，早熟得可說是異常。她擁有不遜於大人的思慮，以及如簧的巧舌，女神之力也覺醒得比預料之中早很多，因此讓旁人慌亂不已。這也是最近才剛發生的事。

由於精神年齡較為成熟，使她個性達觀，戀愛感情卻非常遲鈍，這讓我有點在意。或許是因為思考比較早熟，讓她覺得同齡者的好感顯得幼稚而看不上眼也說不定？別人對誰有好感，明明她馬上就看得出來，卻完全不會發現別人對她的好感。我安心不已，認為說不定她在這方面還是個孩子。她只要保持這樣就好。我不斷對她說：「妳要保持現在這樣喔。」

儘管這只是我的猜測——艾倫之所以遲鈍，也許是我過度寵愛妻子和女兒造成的。即使在女兒面前，我依舊毫不在意地全力表現出自己對奧莉珍的愛。雖然艾倫總是一臉嫌棄，但她想必因此認定這就是對所愛之人表達好感的方式。

而舊識們難以置信這樣的她居然是我的女兒，對她百般疼愛這點，艾倫也有所自覺，同時也認為受我們寵愛是理所當然的事。

正因如此，她對家人懷著非常強烈的感情。一旦有人威脅到他們，平時過度溫柔的艾倫便會不惜降下連女神都相形見絀的制裁。

世上有許多家族。我知道自己的家族算是很特殊的，卻也覺得這樣就好，這就是我們家的模樣。我深信這樣的幸福會永遠持續下去。

然而聰明的艾倫從小開始就下意識察覺到我的這份心思和心願。為了成全我的心思，她毫無自覺地延遲自己的成長，反倒危害到她的身體。

宛如泡在名為幸福的舒適溫水裡，我居然愚蠢得完全沒發現這件事。為了實現我的心願，艾倫在無意識之間犧牲了自己的身體。

結果，女神強悍的力量和身體的成長產生落差，在女神之力過強的反作用力下，艾倫昏倒了。

那副比周圍同齡的孩子來得嬌小許多的身體，躺在床上痛苦呻吟的模樣，就這麼深深烙印在我的眼底，揮之不去。

發現自己的想法束縛著艾倫，阻礙她成長，實在讓我覺得情何以堪。

原來我不能祈求永遠保持現狀嗎？

我不能把「這樣就好」、「維持現狀」掛在嘴邊嗎？

儘管在艾倫倒下後我悔不當初，卻也為時已晚。

聽到雙女神說，艾倫再這樣下去會消失，我的腦袋簡直一片空白。

我「想和孩子永遠在一起」的想法，太過沉重了嗎？

她是精靈，所以無關年齡，我們可以永遠在一起——這種想法是錯的嗎？

雙女神說，要促使艾倫的身體成長，最快的方法就是讓她察覺別人的愛，而非家人的愛。

她們說，我必須放開艾倫的手，讓她獨自往前走。這才是最好的辦法。

……當時，我忍不住大叫：「難道要讓我的寶貝女兒被別人搶走嗎！」

艾倫所選擇的對象，是從我還是人類時就牽扯很深的人的兒子。因為他們一族祖先犯下的過錯，他們都被精靈詛咒了。

雖說詛咒並非他本身的過錯，然而他生在那一族，那也是莫可奈何的事。

沒想到汀巴爾國的王子賈迪爾會靠自己的力量淨化詛咒，更救了艾倫，結果徘徊在死亡邊緣。

女神們說，如果要救賈迪爾，只能讓他和我一樣變成半精靈。況且為了穩定靈魂，他必須和艾倫締結契約。當我發現這件事時，一切都已經結束了。

我並未受到告知。女兒就這麼被人隨意染指，我氣得想殺了賈迪爾。

這個男人是虐殺精靈那一族的後裔，外加我的怨恨經年累月不斷累積，認定他想搶走我的女兒，感情直接失控。

早一步警覺的艾倫救了賈迪爾。我頭一次和艾倫父女爭吵。

儘管我在前一陣子就感覺到艾倫有點叛逆期的徵兆，但這還是她首度當著我的面說：

「我以後要跟賈迪爾一起走下去。」

艾倫離去後，奧莉珍對慌亂不已的我說：「精靈喜歡上的人類，都是靈魂本質和自己非常相近的存在。」

身為精靈的艾倫掌管「元素」，身為女神掌管的則是「淨化」。

和覺醒成女神的艾倫締結契約的賈迪爾，在性質上和艾倫相同，因此覺醒為掌管「淨化」的精靈。

我抱著頭，只覺得這實在太離譜。一旁的奧莉珍於是向我道歉。

奧莉珍似乎早就隱約察覺到，艾倫和賈迪爾第一次碰面時，彼此就已經互相吸引了。

聽到奧莉珍說她在幾年前便已經以女神和精靈的身分告誡過艾倫，我驚訝不已。

我本以為艾倫對戀愛遲鈍，原來只是顧及自身立場，才假裝沒有察覺自己的心意。

唉，她果然是個聰慧的女兒。事到如今我才發現這點，卻已經太遲了。

她壓抑自己的心意，犧牲了這麼多，一想到這裡，我便悲從中來。

這樣的她，就跟從前被貴族束縛之際的我沒兩樣。

『爸爸！』

本以為會用這麼可愛的聲音呼喚我的女兒從出生至今都未曾改變，就算到了未來也是如此。

然而眼下艾倫已經比當時長大了一點，還穿著即將離開父母獨立的純白禮服。

原是王太子的第一王子即將入贅到精靈公主家中的消息，在汀巴爾王國內大肆傳開，因此每天都熱鬧得像慶典一樣。

今天，他們就要在汀巴爾王都的教堂舉辦婚禮。

『爸爸，我……』

清澈的聲音在四周迴響。這還是我第一次不想聽見艾倫的聲音。

我不想聽她說出道別的話語，希望她永遠待在我身邊，希望她一直當我的女兒。

我是父親，艾倫是我的孩子——這個事實明明沒有任何改變，我卻害怕彼此的關係會發生實質上的變化。

明明艾倫又不會到人界生活，今後也會住在精靈城的一隅。我卻感覺她像是要去遠方一樣。

『～……～……』

艾倫的嘴巴在動，我的耳朵卻聽不見。

我終於連寶貝女兒的聲音都拒之門外了嗎？

我的眼前一片模糊，看不清艾倫身穿純白禮服的模樣。天哪，這是為什麼？我多麼希望她繼續待在我身邊成長。

此時，突然有一股恐懼襲來，刺激著我，讓我忍不住大喊：

「不要啊啊啊啊～～！艾倫，妳不要嫁人啦啊啊啊啊啊！」

我猛地驚醒，這才察覺自己作了個惡夢。

睡在我身旁的奧莉珍蹙起眉頭，半夢半醒地向我抗議：「親愛的，你好吵喔～～……」

我全身都是冷汗，心臟也發出令人不快的聲音。一瞬間分不清夢和現實。

我不斷告訴自己「還沒，應該還沒」，好壓抑狂跳的心臟。

但他們已經正式完成訂婚儀式。一想起這件事實，我便不禁被擊垮，雙手摀著臉呻吟。

「惡夢啊……」

我知道自己必須放開艾倫的手，並守護她的成長，所以才一把鼻涕一把眼淚地決定放手，卻沒料到有一天會被迫察覺，夢中的自己竟是如此悔不當初。

賈迪爾是王太子，肯定已經和其他女人訂婚，我本想以此勸艾倫放棄，孰料去找那個男人查證後卻事與願違，反而變成搬石頭砸自己的腳。

回過神來時，艾倫和賈迪爾已經訂下婚約——這種事誰會相信？

所以我後來倒在床上好一陣子。

「不行不行！我還是不能讓他們結婚！」

我在焦慮之下突然大叫，結果奧莉珍抬起上半身，嘴裡呢喃：「真是個傷腦筋的人。」

我最近情緒不太穩定。儘管奧莉珍看不下去，但想必依舊很擔心我吧。我真的對她感到很抱歉。

奧莉珍一邊戳著我的臉頰一邊問：「你還在說這種話呀？」

「那還用說！對象是那傢伙的兒子，簡直爛透了……！」

「無論誰和艾倫在一起，你都會覺得爛透了吧？」

「沒錯！」

見我毫不否定，奧莉珍嘆了口氣。

「艾倫的婚約已經訂下來嘍，見證人是我和姊姊們……就連腹黑也在喔。那可是在大家面前立下誓言的喲。雖然你……大受打擊而暈倒就是了。」

「奧莉，妳聽好了。」

我一臉認真地湊到奧莉珍面前，她訝異地看著我。

「婚約這種東西，就是為了被廢棄才存在的。」

「你在說什麼傻話呀？」

真希望她別用看著可憐蟲的眼神看我。

雖然被奧莉珍擔心了，但這也沒辦法。我下床站起，心想「此刻正是我成為先驅的時候」。

「我就成功廢棄了婚約，所以天下無難事！」

「真是的。死纏爛打的男人會被討厭喲。」

「嗚咕！」

被誰討厭——根本連想都不用想。不過艾倫那麼聰明，肯定也會明白我的心情……應該吧。

「我絕對！要阻止！給你們看！」

我握拳揚言。奧莉珍卻只是說著：「好好好。」並要我躺回床上。

「乖孩子，我們睡覺吧。」

「奧莉，我是認真的耶。」

「我知道呀。但要是睡眠不足，會影響到明天的精神，不是嗎？如果看到你有黑眼圈，艾倫也會擔心喲。」

「呃，那樣確實不太好……」

「你希望她搭理你，卻要給她增添無謂的擔心嗎？人家現在可是很忙的喲。」

奧莉珍說得一針見血，我根本無法狡辯。失落的我就這麼爬回床上。

「來，我們睡覺吧。」

奧莉珍替我蓋上被子，親吻我的額頭，接著拍拍我的胸膛，安撫我入睡。

「奧莉……」

我瞇起眼睛望向奧莉珍，想知道這到底是什麼狀況。她卻以一副「你實在太可愛」的表情看著我。

「呵呵呵，這樣好像多了個大孩子一樣。」

這可不行，她在玩弄我。

「我可不打算當妳的孩子喔。」

「哎呀，也對。不過現在的你就像個鬧脾氣的孩子喲。」

「嗚咕咕……真希望妳至少可以說我不容易死心。」

想必現在的我正一臉彆扭吧。奧莉珍流露出「這樣的你也很可愛」的慈愛眼神，撫摸著我的頭。

我也回吻奧莉珍，並把她鎖在我的臂彎之中。

「哎呀哎呀，呵呵呵。」

這是一段和所愛之人相擁安眠的時光。那小子試圖闖進我無可取代的家人之間，讓我思索著該怎麼擊退他，在戲弄心愛之人的同時，迎向天明。

第七十話　歪主意

「……事情就是這樣。我需要好主意。」

羅威爾坐在談話室的沙發上，一臉認真地這麼說。對面坐著的是擔任精靈界宰相的敏特。他推了推鏡架，陷入沉思。

現在奧莉珍不在場。為了不讓雙女神發現，他們甚至設下結界。看到兩個大男人正偷偷商量事情，準備茶點的女僕們滿心困惑。

見女僕們都離開了，敏特才開口：

「我完全贊成。」

「對吧！就是說嘛！」

獲得敏特的附和，羅威爾用力握拳。敏特接著說：

「那個令人忌諱的人類後裔救了大小姐一事著實令人敬佩，但我又覺得他救助大小姐是理所當然的。況且也有不少精靈對此反彈。」

「畢竟當時我也被反對得很厲害，這也是正常的。」

羅威爾憶起了當年。女王感興趣的人類，竟是出身汀巴爾國的貴族——光是這點就足以

讓精靈鬧翻天了。

還是人類時的羅威爾從未想過這種事，就和奧莉珍一起相處。後來奧莉珍將瀕死的羅威爾變成半精靈，甚至說要和他結為連理，讓精靈們群起反對，甚至打算排除羅威爾。

見精靈們抗拒至此，當時羅威爾也藏不住心中的困惑。

他詢問奧莉珍理由為何，才知道汀巴爾王族虐殺精靈的事實。

羅威爾到現在依舊記得，當時有眾多精靈勸諫奧莉珍，要她不要迷戀虐殺同胞的國家人民。

「因為您和女王之間有了艾倫小姐這位下一代女神，大家才會承認您。」

「我至今還是忘不了你們說變就變的嘴臉。」

「哎呀哎呀，沒想到您居然懷恨在心。我還以為您對我們完全沒有興趣呢。」

羅威爾挑眉，瞪著嬉皮笑臉地啜飲紅茶的敏特，隨即嘆了口氣。

「我不否認，因為我對奧莉和孩子們以外的人都沒興趣。」

「我在女王身旁看到您對那個國家的人絕望的模樣，所以自認可以體諒您。」

「…………」

見敏特和平常不同，顯得相當配合，羅威爾開始覺得不對勁。對方有什麼企圖？羅威爾以這樣的目光看著敏特，同樣喝了口紅茶。

「唔……好甜。」

幹嘛擅自加蜂蜜啊——羅威爾這麼說著，同時厭惡地將茶杯用力放在桌上，發出喀鏘聲響。

羅威爾非常不喜歡甜食，因為以前他被王室叫去參加茶會之際，艾齊兒塞了大量甜食給他。

那些點心中被參雜異物的不在少數。後來羅威爾一見到點心就滿臉嫌棄、食不下嚥，也是在所難免的事。

不過看著奧莉珍和艾倫美味地享用的模樣，最近倒是成了羅威爾無上的幸福。他還會順便餵她們吃，也非常有成就感。

這麼說起來，無論走到哪裡，艾倫都是試吃員。那副和奧莉珍如出一轍的模樣，令羅威爾每每想起便不禁莞爾。

然而一想到這樣微小的無上幸福即將被賈迪爾給奪走，就讓他一陣煩躁。

羅威爾離題地想著這些事，敏特卻不解地歪頭。

「紅茶沒有放砂糖喔。」

「啊？蜂蜜的甜味和香氣也很刺鼻啦。」

「噢，我聽說這是大小姐開發給我們用的，是加了蜂蜜的茶葉。」

「那還不是有加……什麼？你說這是艾倫做的？」

精靈們對甜食毫無抵抗力。自從大家知道艾倫在領地量產砂糖後，無論是泡紅茶還是做

料理，各種東西都有偏甜的傾向。

所以羅威爾才會以為女僕擅自加了蜂蜜。但看樣子並非如此。

「您不知道這件事，我反而很驚訝……我懂了，因為有蜂蜜的味道和香氣，大小姐知道不適合您，才沒有告訴您吧。」

「唔……艾倫這麼體貼我是很高興，但是又覺得被排除在外，心情好複雜……」

雖然精靈不太進食，卻常喝水、茶、酒這類飲品。就連食物，也有許多精靈喜歡多汁的果實。

大概是因為有很多精靈是植物和蟲變成的吧。儘管由肉食性動物化為人的精靈喜歡吃肉，不過共通點是愛好飲品。

而搭配這些飲品所享用的甜點，或是將淋上偏甜醬汁的肉夾在中間做成三明治等這類輕食，最近也廣受好評。

這樣的習慣，源於艾倫把人界原有的東西稍加改良，並帶回精靈界。

「我本來就覺得她常想到食譜或配方……沒想到這次腦筋還動到了茶葉上啊？」

人界普遍的飲品是水及熱水，或是酒。

至於說到比較罕見的飲品，常與藥草為伍的治療師們常喝花草茶，貴族則大多是喝紅茶或酒。

不過艾倫提議將大麥曬乾並焙煎成麥茶，或是將玉米鬚煮成茶，以治療院為中心推廣出去。

她曾解釋過，重點在於藉此讓水沸騰。拜她之賜，因腹痛來求診的人大幅減少。況且這麼一來，產量過剩的大麥有了用途，玉米鬚也能便宜再利用，因此在平民間迅速普及。倘若飲用的對象是貴族，艾倫表示一旦在茶葉中加入橘子或蘋果皮，風味就會改變。她的知識簡直永無止境。

「這麼說起來，由於我們大量消耗砂糖，大小姐氣得罵我們要節制一點呢。」

「確實如此。就連料理都毫無節制地加入砂糖，我也很介意。」

這麼看來，為了讓精靈們節制用糖，艾倫所想到的對策似乎是「先加進去再說」。只要在提供茶葉之際表示「茶葉已經調成甜味，所以不要加砂糖」，想必多少能達到節約的效果才對。

「據說是把蜂蜜結晶化後的粒子混入茶葉……哎呀，大小姐所湧現的智慧之泉，就連智慧精靈也嚇了一跳喔。」

一旦思考起艾倫為什麼要製作這種茶葉，馬上就會想到原因。

在凡克萊福特領的治療院使用的藥材當中，蜂蠟是必需品，後來也因此談成了一筆生意。而現在似乎又衍生出新的產品。

或許她同時也是看上了蜂蜜製品可以涵蓋很多領域吧。

羅威爾這才想起，上次去買蜂蜜時，艾倫想到可以做蜂蜜披薩，結果在宅邸裡引發一陣

騷動。

「真希望她偶爾也可以想些不甜的東西給我吃啊……」

雖說接二連三地想出振興領地的食譜，是因為與領地事業有關，這也是莫可奈何的事，但老是以羅威爾不喜歡的甜食為主，讓他總覺得有點失落。

「為了讓精靈們認識與大小姐締結契約的人物，她帶著人界的食物作為伴手禮四處拜訪，所以當然都是甜食嘍？聽說對方也參與了這種紅茶的開發。」

「啥！」

猶如晴天霹靂一般，羅威爾大驚失色。敏特卻眨了眨眼說：「女王知道喔。」

「對了，奧莉說艾倫現在很忙……原來是在做這種事嗎！」

「畢竟您時刻陪伴在新生兒旁邊嘛，沒辦法顧及到大小姐也很正常。」

敏特再度喝了口紅茶，羅威爾則是全身不停地顫抖。

「艾倫……都沒跟我商量耶……？」

「要是找您商量，您肯定劈頭就否決了吧？」

「這不是廢話嗎！」

儘管如此，羅威爾依舊說著：「真不愧是我的女兒，動作真快。」莫名地佩服起來。看著這樣的他，敏特伸手拿了一塊餅乾，放入嘴裡。

「你喔，現在哪是吃東西的時候啦！趕快想點對策啊！」

要是再這樣下去，很快就會如艾倫所願，讓眾人認可他們兩人了。

羅威爾握拳捶打桌子抗議，敏特則是面不改色地咀嚼著餅乾。

吞下嘴裡的東西後，他再度拿起紅茶說道：

「我已經請亞克大人幫忙了。」

「啥？」

畢竟亞克是個有對艾倫求婚前科的人，羅威爾面如鐵色，露出一副不懂為什麼要提到這個人的表情，甚至爆出青筋。

「人類的世界裡也有『擁有共同的敵人即為盟友』的概念吧。」

「但那小子才是最不能大意的傢伙啊！」

即使得知賈迪爾的存在，亞克仍無所顧忌地當著本人面前說：「妳要是……對這個膩了……會跟我……結婚嗎？」膽子實在很大。

「但亞克大人已經遭到大小姐直接拒絕了，所以沒差吧？」

「被拒絕是當然的！」

「大小姐的思維偏向人類，實在萬幸。」

「這倒是。畢竟我不知道近親結婚對精靈們來說是埋所當然的事……」

羅威爾一臉苦澀地說。最令他吃驚的是，面對亞克的求婚，奧莉珍竟然問：「為什麼不行？」

無論是羅威爾還是艾倫，偶爾都會被無法適用人類常識的精靈牽著鼻子走。

「畢竟第一代的精靈們都是女王的分支，會這麼想也不奇怪吧。」

我是第二代，所以不太一樣——敏特機靈地補充說明。聞言，羅威爾也暗自在心中認同他的說法。

精靈依據種族不同，有些是從植物或昆蟲變化而來的，其中也有職責類似於女王蜂的精靈。

而雙女神的制約之所以僅限在人類身上，不適用於精靈，也是因為這樣。

說起來，雙女神的制約其實同樣是人類擅自訂立的，據說是源於人類希望雙女神能一直看著他們。

人類明明創造了枷鎖束縛自身，一旦發現情況不利於己，卻又害怕雙女神的制裁而企圖逃跑。

儘管不知緣由的人類或許會覺得這樣的制裁蠻不講理，但歸根究柢，人類其實才是最蠻不講理的存在。

（的確，擅自立誓卻又違背誓言，到底是想怎樣啦……）

還是人類時的羅威爾早已受夠周遭的人類，半精靈化之後就更受不了了。

如果沒有艾倫，羅威爾如今肯定已經捨棄對人類的天真想法了吧。

（我很清楚人類和精靈不同，可是誰會想到居然從根本上差了這麼多？）

對曾為貴族的羅威爾而言，不能近親結婚是理所當然的常識。而艾倫似乎也這樣想，讓他鬆了口氣。不過……

（奇怪？我有跟艾倫提過嗎？）

很久以前，羅威爾教過艾倫人類的常識，然而記憶已然模糊，想不起都教了些什麼。

艾倫對知識的渴望永無止盡，經常閱讀書籍，對市井小民的手工藝也是興致勃勃。羅威爾知道她常對此提出問題。

（完全不知道她是在哪裡學會的……）

這麼說來，偶爾也會從奧莉珍口中冒出一些沒聽過的話語，艾倫同樣會吐槽：「是從哪裡學會的啦！」看來應該是差不多的情況吧。

「對了，那為什麼只有人類會扭曲啊？」

羅威爾歪頭表示困惑。敏特忽視他的動作，說了句：「原來您不知道啊？」開始解釋。

「會扭曲的並非僅限人類，人界的所有存在一旦近親繁衍就會扭曲。」

原本誕生於人界的存在，構成靈魂和身體的魔素便沒有很多，所以才沒有能使用魔法的人。唯有和精靈這種魔素聚集體締結契約才能夠使用魔法，理由就在這裡。

「而一旦反覆與近親結合，建構人體的魔素之力就會受到拉扯弱化，進而扭曲。」

敏特說著，把手伸向餅乾。

「倘若要用正常的量多做幾塊餅乾，就必須壓縮每塊餅乾的厚度和大小。紅茶也是如

此，要是不多加點水沖淡茶香，等量的茶葉便沖不出更多紅茶。」

「喔……的確是這樣沒錯。」

「組成一個人的力量通常都是定量的，不能多也不能少。儘管偶爾會出現以人類而言過於強大的人，但那也只是稍微多了一點人類能夠使用的魔素罷了。一旦接觸到大量魔素，無論是什麼人都會化為魔物。如果想維持身為人的型態，魔素的多寡都有限度。」

「限度……？」

「我以前曾聽亞克大人說過，反覆近親結合者即使死亡，理應回歸天上的魔素仍會持續滯留原地。跟魔物風暴一樣，魔素持續淤積、濁度上升，最後便會泛濫成災。」

「居然有這種事？」

「這是我的猜測——剛被解放的魔素本該回歸天上，卻在未曾受到淨化的情況下為下一個孩子所用。畢竟那股魔素本是承襲自父母的，在解放後的片刻會受到雙親的魔素拉扯。」

「還有這種事……」

「正是因為流動，魔素才會形成力量。而被解放的魔素理應會為了回歸天上而掙扎，因此不會全都受到使用。構成個體的魔素已經比平常還少了，用的還是已經扭曲的魔素，倘若以此為基底硬是塑成一個孩子，無論怎麼補救都必定會扭曲。就跟材料不足而喪失風味的餅乾一樣，想必會有所欠缺。」

說到這裡，敏特將一直拿在手裡的餅乾扔進嘴裡。

「原來如此。所以這些人多半會短命……」

精靈其實就是一團巨大的魔素，他們會吸收周遭的魔素當成自己的能量，接著吐出，避免力量在體內淤積，自體產生循環的功能。

正因如此，住在精靈界的精靈們才不太需要進食。

既然精靈在精靈界會透過呼吸達到自淨的效果，那麼近親結婚也不會出什麼問題才對。

亞克是魔素的精靈，掌管循環，力量足以影響世界。雖然呼吸這點和其他精靈們是一樣的，但他主要是要促進魔素稀少且容易淤積的人界循環。

畢竟身為第一代精靈，他的力量和規模都很強大，層級的差別令人驚異。

「而在反覆近親婚姻的人類周圍淤積的魔素會形成渦旋，猶如魔物風暴那樣汙染思緒，使人不再正常。居於上位的人類常被身為同族的人類給淘汰，或許就是與背後的這種現象有關吧。」

「………」

羅威爾無言以對。沒想到人類的歷史竟和魔素息息相關。

直到踩在由世界內側縱觀一切的立場，他才明白人類並沒有具備自身所期望的價值……不對，與其說「沒有」，不如說打從一開始就沒人期望人類擁有什麼價值。

人類只是女王為了打發時間而創造出來的存在。置身於精靈界，他才切身體會到自己在外側之際的價值只有那麼一點點。

就女王而言，儘管外型與精靈相似，人類卻和隨處可見的動物沒兩樣。他們遠比精靈脆弱，只是相較其他動物擁有更多智慧，以及具備靈活的手。而他所受的教育也告訴他，精靈和人類締結契約的理由只是「因為好玩」。

（知道越多理由，就越能理解精靈為何會反彈。我根本無從反駁……）

即使因為身體被替換成精靈而生出艾倫他們，羅威爾的靈魂依舊和人類時一樣。

正因如此，他的力量並不足以與大精靈們抗衡。他只是因為有奧莉珍這個絕對的存在，好不容易才能和他們平起平坐。

艾倫他們都是羅威爾的孩子，人類的部分會產生什麼作用，更是未知數。

「原來如此啊……我的孩子有一半是人類，近親結婚不知道會發生什麼事。既然知道可能引發問題，怎麼可能允許？」

要是發生萬一，屆時傷心的可是孩子們。這更加深了羅威爾反對他們結婚的決心。

「沒錯，這樣最好。而我之所以會拜託亞克大人，主要也是想牽制其他精靈，他好歹也是排在第一順位的人嘛。畢竟我們無法保證不會有其他精靈亂想，覺得大小姐與其和人類結婚，不如跟自己結。」

敏特看似滿意地點頭，看起來心情不錯。

「噢，原來是考慮到這點啊……話又說回來，那小子派得上用場嗎？」

亞克總是在發呆，每次看到他時都在睡覺。如果不能在關鍵時刻派上用場，根本沒有意義。

不過無論是多厲害的精靈，在跟艾倫求婚的當下都會被羅威爾罵得滿頭包。望著這樣的羅威爾，敏特面露苦笑。

「說起來，我聽說那位接下來要和大小姐一起去修行呢。」

「……修行？」

「您以前也做過吧？畢竟精靈界和人界運用力量的方式不同。」

「噢，確實如此……」

精靈界是充滿魔素的世界，人界的魔素卻很稀薄。在缺少力量根源的場所使用力量，效率會變得非常差。

萬一在轉移逃離之際無法順利運用力量，就有可能無法及時逃脫。

艾倫畢竟要以女神的身分統治人界，萬萬不能發生在人界無法使用能力這種事。

羅威爾想起她在人界修行時是八歲，在那之後過了幾年呢？隨著思緒再度飛躍，他的嗓音也帶著一絲憂鬱。

（距離當時已經過了七年啊……）

自從羅威爾等人的存在在人界曝光後，身邊接二連三地發生問題，時間一眨眼就過去了。

「那傢伙真的派得上用場嗎？」

為了讓多疑的羅威爾放下心，敏特補充表示：

「不只有亞克大人，里希特大人也在喔。」

「里希特還在監視亞克嗎？」

「是的。由於亞克大人被監禁多年，形成嚴重的嗜睡症……雖然原本就有嗜睡的毛病啦。況且里希特大人也不能接受艾倫小姐的婚約，我想應該沒問題。」

「……嗯？」

羅威爾心中湧現一股不祥的預感，猛地湊近到敏特面前。

「喂，該不會連里希特都對艾倫……」

「哎呀，沒想到您連這點都沒聽說——」

「原來他以前都是裝出一副哥哥的模樣，好接近艾倫嗎？」

羅威爾怒髮衝冠。見狀，敏特一面安撫他，一面事不關己地說：

「里希特大人後來再度問過大小姐：『為什麼兄妹不能結婚？』結果讓他相當失落喔。他似乎認為等大小姐長大，或許會有機會吧。」

「啊啊啊啊啊！還真是每個傢伙都不能大意！」

發現就連里希特都對艾倫有意思，羅威爾的憤怒來到了最高點，因此沒發現敏特暗自調皮地吐著舌頭。

敏特用手推了推鏡架，鏡面隨之反光。

「總之就是這樣，里希特大人也想對那個人類說幾句話。只要順便跟他提到世界有多嚴苛，那個人類就會親身體會到和大小姐訂下婚約代表什麼意義吧。」

「感覺火力好像不太夠……算了，這樣也行。」

然而說到「嚴苛」，羅威爾只覺得困惑不已。身為女神的伴侶，自己有遭遇過什麼艱辛嗎？他想了想，發現除了協助凡克萊福特領改革之外，他在精靈界也只做過育兒工作。

雖然在艾倫出生前是有很多算是洗禮的惡整沒錯，但看在出身貴族的他眼裡，那些行為都逗趣得讓人嗤之以鼻。

（那小子可是王族耶。總覺得光憑那些傢伙，火力根本不夠看……）

羅威爾一方面想著反正人類的常識對精靈們完全不管用，讓他們好好為難賈迪爾就行了；一方面卻又覺得對方身邊有艾倫，感覺什麼事都會迎刃而解。

他自己當時也是，最後都是奧莉珍大喝一聲：「不乖！」事情就結束了。

儘管精靈界也有地盤之爭，但參與的通常都是只有肌肉沒有腦袋的集團——又叫做腦肌——只要派出和他們同一國的靈牙，這群傢伙就會立刻安分守己。

號令靈牙的統領，便是羅威爾眼前的敏特之妻奧絲圖。而他們的兒子凡是艾倫的護衛，若要彰顯力量，凡肯定會出面。

講個題外話。羅威爾還記得知道靈牙的副統領是敏特時，自己完全愣在原地。

（艾倫和奧絲圖的感情也很好，所以一旦發生事情，艾倫無論如何都會行動……）

無視陷入沉吟的羅威爾，敏特反而像是想到了什麼，喜孜孜地拿出某個東西放在桌上。

「迂迴惡整人的方式，我都寫在這張紙上了。」

「你……」

不知道敏特到底寫了些什麼的羅威爾退避三舍地接過紙張，由上往下瞥去。

而他越是往下看，身體就抖得越來越厲害，最後更用力地把紙張拍在桌上。

「你寫這些是什麼鬼東西啦！」

上頭的惡整內容有「散布惡質八卦」、「把人從樓梯上推下去」、「砸落花瓶」、「潑水」、「藏鞋子」等，都是些令人頭痛的內容。

「你是小鬼嗎！」

「您怎麼這麼說呢！我可是難得去拜託智慧精靈，從人類的書籍中抄出這些惡整方式耶！」

請看，我這個黑眼圈！這麼說著的敏特拿下眼鏡，展示他埋首於人類書籍的後果。

「由於不知道人類遭遇什麼事會湧現厭惡感，我還特地去學習耶！畢竟根據過去的經驗，我學到我們的惡整對您根本不管用！」

「是我笨才會找你商量……話說回來，原來當時那些都是你指使的啊！」

「啊，慘了，說溜嘴……好啦好啦，別管那麼久遠以前的事了。我想續杯紅茶，可以請您解除結界嗎？」

「…………」

看似耗盡力氣的羅威爾將全身的重量壓在椅背上，解除了結界。他現在覺得特地設結界商討這件事簡直是蠢斃了。

被呼喚而來的女僕們開開心心地重新沖泡起紅茶，還放了新的餅乾。

「哎呀，是說人類所寫的虛構故事中，許多主角大概都是以您為藍本吧，共通點很多呢，實在非常有趣。」

「別說了。」

「不過先不提精靈喜歡上締結契約的人類，我實在無法苟同光憑這樣的理由就隨意差遣精靈。應該要讓他們知道誰才是老大。」

「……都叫你別說了。艾倫會生氣喔。」

「好吧，我不說了。」

「這麼乾脆是怎樣……」

「畢竟我只是想抱怨對書籍內容的不滿啊。」

看到一臉認真地這麼說的敏特正享用著新沖泡的紅茶，羅威爾頭痛不已。

敏特根本靠不住。既然這樣，便只能自己思考對策了。

話雖如此，羅威爾想了想自己能做些什麼，卻一件都想不出來。

「不然乾脆用精靈魔法教訓他吧……」

「啊哈哈哈！您果然還是沒能捨棄身為人類時的習慣啊～～！」

敏特表示「羅威爾的反應和人類書籍裡寫得一模一樣」而大笑出聲，羅威爾「嗚」地呻吟。

由於待過講求實力主義的騎士團，他養成了靠武力解決事情的習慣。

他一臉尷尬地拿起喝剩的冷紅茶，卻猶豫再三。

「…………唔。」

和手中的紅茶大眼瞪小眼了好一陣子後，他最後下定決心般地一口飲盡，似乎是認為艾倫做的紅茶不能喝剩。

皺著眉頭的羅威爾呼喚女僕前來。

「麻煩再給我一杯——用沒有蜂蜜的普通茶葉泡。」

「馬上來。」

羅威爾斜眼望著低頭應允的女僕離去，吐出今天不知道第幾口的嘆息。

「我很清楚要廢除女神們見證的婚約難如登天，但唯有那小子我絕不允許。」

「明明對象不管是誰，您都會厭惡。」

「是沒錯。」

奧莉珍也是這麼說的，現在就連敏特也提出相同的看法。當羅威爾歪著頭思考：「我有那麼好懂嗎？」之際，女僕端來新泡好的紅茶，放在桌上。

羅威爾啜飲紅茶清口，暗自盤算著要怎麼廢棄這場婚約，卻在此時突然想起剛才感到的異樣感。

「敏特。」

「什麼事？」

「我還沒找你商討對策，你就不惜看遍人類的書籍也要調查惡整人類的方式，理由是什麼？」

羅威爾總覺得時機未免也太剛好了。

「雖說那位憑一己之力解開了詛咒，但我還是無法認同他成為大小姐的伴侶。只是這樣而已。」

敏特輕描淡寫地回答，彷彿一開始就已經想好要怎麼說了。正因如此，羅威爾更無法接受。

渾身散發黑色霧靄的他不發一語地瞪著敏特。當敏特開始冒出冷汗時，空中突然傳來一道聲音。

「啊，總算找到敏特了！」

從空中轉移出現的是他們剛才提及的里希特。他輕輕地降落在桌子旁，手裡抱著好幾本書。

「哎呀，里希特大人，怎麼了嗎？」

「羅威爾哥哥，抱歉，打擾你們談話。敏特，這些書的續集……」

「喂，里希特……」

「咦？」

原本針對敏特的黑色霧靄，現在直接瞄準了里希特。見羅威爾從沙發上站起，里希特心中湧現一股不祥的預感。羅威爾往前一步，他便跟著往後退一步。

「哥……哥哥突然叫我，有事嗎……？」

里希特不懂羅威爾為何如此劍拔弩張，冷汗流個不停。

「聽說你一直戀慕著我女兒是吧？」

「咦？你怎麼知……！」

看到里希特整張臉都紅了，羅威爾的理智線直接斷裂。

「去死吧！」

「哇～！羅威爾哥哥！請你住手！」

談話室頓時以羅威爾為中心凍結。令人意外的是，出聲抗議的人竟然是敏特。

「羅威爾大人，這不是讓難得泡好的紅茶冷掉了嗎？」

「拜託，敏特，救我啦！話說回來，為什麼羅威爾哥哥會知道這件事？我明明沒跟任何人提過啊！」

「里～～希～～特～～～～！」

「哇啊啊啊！」
砰砰砰！冰之箭一支支射入牆壁……不對，與其說是牆，其實是羅威爾自己設下的結界。為了不破壞室內，他周到地以結界包覆整個空間。
發現自己被關在結界內的里希特驚覺大事不妙，慌張了起來。
「因為會被媽媽和艾倫罵而只保護好房間這點，實在很有羅威爾哥哥的風格！」
「閉嘴！別跑！」
「怎麼可能不跑！電影！」
冰之箭一碰到里希特的光劍就被彈開。或許是雙方力量有著落差，羅威爾的冰之箭隨即遭到光劍的熱能融化。
「…………」
見狀，羅威爾咧嘴一笑。
「慘了慘了慘了！羅威爾哥哥一笑就慘了——！」
儘管羅威爾擅長冰屬性魔法，不過其實因為奧莉珍的力量，他是全屬性魔法師。就算身為大精靈的里希特較有優勢，但要是讓精靈界女王的丈夫受傷，一定會惹怒奧莉珍。
一旦事態演變成那樣，世界可能因此產生裂痕。
「既然這樣……眩光！」
「唔啊！」

里希特全身發出強光，產生了類似閃光彈的效果，遮蔽羅威爾的視野。

趕在羅威爾恢復視力之前，里希特就用電影切開其結界，轉移逃走了。

雖說很有光之大精靈的風格，然而不知道里希特還會用這種小招數的羅威爾，只覺得煩躁難耐。

「啊～～連我都被閃到了～～眼睛！我的眼睛啊啊啊啊～～」

「該死！他什麼時候學會用這種招數……！」

「大概是從人類的書籍裡學到的吧。最近我們透過智慧精靈開始流行看書了……」

「啥？啊，可惡！視野好晃！」

羅威爾身體一個不穩，當場蹲在地上。他甩了甩頭，卻只是徒增暈眩。

兩人的視覺還來不及恢復，便聽見走廊傳來急促的腳步聲。看來是有人聽到了騷動聲，連忙趕來一探究竟。

「哎呀，討厭，到底是怎麼啦～？」

沒有睜開眼睛的兩人只轉頭面向傳出聲音的方位。

「是奧莉嗎？……沒有，沒什麼啦。」

「我們中了里希特大人的眩光，狀況很嚴重。我今天不能工作了，所以我要回去窩在奧絲圖的懷裡。我想窩在她懷裡。」

羅威爾咂嘴蓋過敏特毫無保留的慾望發言。

「眩光……？」

耳邊傳來了奧莉珍不解的聲音。現場還有其他精靈們的氣息，想必是女僕們也趕來了吧。

「哎呀，這是什麼？」

聽見紙張被拿起的沙沙聲響，羅威爾心一驚。

「奧、奧莉！那沒什麼啦！喂，敏特！」

「沒辦法～我的眼睛還睜不開～」

「…………」

詭異的沉默持續了一段時間。當視野好不容易漸漸恢復的羅威爾瞇著眼睛窺探室內，就看到奧莉珍雙手交叉在胸前，站姿令人生畏。

「這是什麼呀～？」

「…………」

羅威爾瞄了敏特一眼，敏特卻迅速別開視線，逃之夭夭。

第七十一話　汀巴爾王族的詛咒

距離艾倫的訂婚儀式強制執行後又過了半年。這段期間，艾倫和賈迪爾的婚約受到大肆宣傳，讓汀巴爾王國顯得熱鬧非凡。

不過在汀巴爾國內，許多人誤會精靈公主要嫁到王室——「王室不是被詛咒了嗎？」產生了些許混亂。

因此，拉比西耶爾親自向國民解釋起事情的來龍去脈。

開頭首先闡述鄰國為了挑起戰爭而祕密進攻國內，接著說到艾米爾利用留學協助海格納國，和艾齊兒一同策劃戰爭。

甚至揭露了其實先王並非病故，而是被艾齊兒等人殺死。

為免民眾陷入混亂，同時為了解救國家，拉比西耶爾祕密派遣賈迪爾行動，英雄和精靈公主也前去幫忙——說得很好聽。

精靈公主先前便為了幫助汀巴爾的國民前往治療院，傳授智識，每天都致力於拯救他人。

看到大精靈們聽從精靈公主的命令行事，加深了前去凡克萊福特領接受治療的人們對精靈公主促進領地發展的印象。

海格納國盯上了精靈公主的這種能力而挑起戰爭，目的是想拉攏她，將她占為己有。為拯救精靈公主，賈迪爾犧牲了自己。

精靈公主傷心悲嘆，將賈迪爾半精靈化，拯救已經前往死亡深淵的他。聽到這裡，汀巴爾國的人們隨即想起這一連串情節是那麼地耳熟。

也就是在如今仍殘存傷痕的魔物風暴中犧牲，後來半精靈化生還的英雄羅威爾。而精靈公主正是羅威爾的女兒艾倫。

聽到這個宛如英雄羅威爾翻版的故事，人們都難以置信地面面相覷。

賈迪爾和艾倫偶爾會在凡克萊福特領的治療院現身，使部分人民留下兩人交好的印象。即使謠傳王室受到精靈詛咒，大部分的人們依舊覺得荒誕不已。畢竟雖然兩人的確保持著一定的距離，許多人卻都看見艾倫和賈迪爾在治療院交談。

精靈公主體貼病患和傷患，向精靈祈禱，運用他們的力量治癒人民。

據說以凡克萊福特領治療院為中心的事業發展，也和這位精靈公主有關。

而賈迪爾對治療院的做法相當感興趣，甚至打算讓國家進行全面支援這點，也是眾所周知的事。

是以聽到這裡，人民馬上就能理解鄰國不惜發動戰爭，也要得到精靈公主的理由。畢竟國內才在幾年前因為精靈公主帶來的藥，引發了一番騷動。

拉比西耶爾表示，為代替入贅精靈界的賈迪爾，將冊立第二王子拉蘇耶爾為王太子。結果又引發了一陣軒然大波。

趁著人民躁動之際，拉比西耶爾低調完成了艾齊兒和艾米爾的葬禮。

*

時間回溯到半年前，拉比西耶爾尚未對人民公開演說的時候——也就是賈迪爾和艾倫剛訂婚之後。

「我果然還是無法接受王兄入贅！」

提出異議的正是拉蘇耶爾本人。光是這幾天，就已經上演了無數次他如此強烈反彈的場面。

偏偏這天王宮勤務室當中還有王妃拉拉露，以及公主希爾在場。

明明賈迪爾還活著，拉蘇耶爾不懂為何會輪到自己成為王太子，懷疑是自己聽錯。而他在了解來龍去脈後反倒更加無法接受，不斷搖著頭。

記得七年前賈迪爾和拉蘇耶爾邂逅艾倫後，賈迪爾給人的感覺就變了。

看著賈迪爾追逐著艾倫、注重自己的儀表、一點一滴地努力改變的背影，拉蘇耶爾也一路追著賈迪爾效仿。

拉蘇耶爾同樣對可愛的艾倫一見鍾情。知道身旁的賈迪爾成為情敵，他心中五味雜陳。

明明同樣被詛咒、明明都渴望能見到艾倫，然而當拉蘇耶爾回過神來時，賈迪爾卻已經和艾倫見面，甚至還共同經營起事業。

為此，拉蘇耶爾受到壓抑的叛逆更加增強了。

而鬧著彆扭的他還在焦頭爛額地忙著自己的事，諸多思緒卻在他未曾察覺之處交錯。他總算親身體會到自己有多麼愚蠢。

一同長大的艾米爾與鄰國合謀，企圖挑起戰爭。而賈迪爾和艾倫等人私下聯手，阻止了這件事。

直到事情完全落幕後，拉蘇耶爾才得知這件事。還來不及等到那份衝擊消退，為保護艾倫而瀕死的賈迪爾待在精靈界療養的消息，再度給了他一道痛擊。

現在，賈迪爾好不容易回來了，卻傳來他將與艾倫訂婚並入贅的消息，拉蘇耶爾則要被冊立為王太子。毫無頭緒的拉蘇耶爾就這樣單方面被告知了這個既定事項，讓他根本難以接受。一想到這些事，他的胸口就難受，頭也痛得厲害。

儘管心緒複雜，不過他覺得自己仍能坦率祝福賈迪爾的戀情開花結果。

賈迪爾斷然捨棄了王太子的身分，不惜挺身保護艾倫——這點拉蘇耶爾做不到，所以他

願意老老實實承認敗北。

倒不如說他都已經慢了好幾拍，事到如今才沒有那份勇氣厚著臉皮站出來爭。

只是在失戀的同時，他還得肩負被冊立為太子的責任，情感上根本無法坦然接受這一切，才會放聲大吼。

然而拉比西耶爾並未理會鬧脾氣的拉蘇耶爾，以堅定不搖的態度說：

「賈迪爾已經不是人類了。」

聽到拉比西耶爾的這句話，在場的王妃拉拉露、拉蘇耶爾，以及平常總是沉著冷靜的希爾，無不瞠目結舌。

好不容易才回過神來的拉蘇耶爾，以顫抖的聲音詢問：

「父王，您這是……什麼意思……」

「賈迪爾在瀕死之際承蒙女神們恩賜，選擇成為半精靈活下去，而不是以人類的身分迎接死亡。」

「瀕死……怎麼會……！」

若只是為了保護艾倫受傷而暫時需要療養，那為什麼無論過了多久，人都遲遲不回來呢——所有人都懷著同樣的疑問。

現在知道那根本不是療養，而是徘徊於死亡邊緣，拉拉露雙手掩面，跪地哭泣。

聽到賈迪爾雖然沒有死，卻必須半精靈化才能活命，拉蘇耶爾呆愣在原地。

「半精靈化嗎……？那麼被詛咒的我們和王兄已經……」

希爾這麼低喃。拉比西耶爾肯定了她的猜測。

「我想就連見面都很難了吧……」

與海格納國不同，汀巴爾王族的手足之間感情不壞，維持著會在談話室裡議事，互相闡述自身意見的良好關係。

此刻，他們的腦海裡紛紛浮現與賈迪爾的回憶。

尤其是近期發生最大的一件事——賈迪爾從艾倫手中獲贈了黝簾石原石。

當他將那東西帶回來時，引發了不小的騷動。畢竟那顆黝簾石很大，還能目視到裡頭有隻沉睡的精靈，根本是只會出現在童話故事中的存在。

帶回這顆感覺會名留青史的寶石後，賈迪爾獲得拉比西耶爾以往不曾給予的大力讚揚。而當賈迪爾小聲說：「艾倫希望我以後行個方便給她……」拉比西耶爾甚至大笑出聲。

日後，每當拉比西耶爾看到那顆黝簾石，都會想起艾倫直截了當的「賄賂」而失笑。

儘管那顆黝簾石是賈迪爾收下之物，他卻並未企圖獨占，反倒讓它成了王室之寶。

他讓那顆黝簾石擺放在王室成員必定會看見的場所，所有人共享首次在身邊看見精靈的感動。拉蘇耶爾等人只覺得這件事恍如昨日，記憶猶新。

稱作精靈石的那顆黝簾石，就裝飾在連接王室私人房間的大廳內。作為日課，他們兄弟姊妹三人每天早上都會聚在石頭前祈禱。

他們祈求身上的精靈詛咒終有一天能夠淨化，也希望沉浸在悲傷之中的精靈傷口能夠痊癒。

所有人都想起自己和賈迪爾之間的回憶，不禁悲從中來。

汀巴爾王族因為詛咒而無法靠近精靈。反過來說，也能成為令精靈魔法師們無力化的武器。

儘管據說賈迪爾身上的詛咒是因瀕死而獲得淨化，不過聽聞這顆精靈石本身也具有淨化作用。正因如此，以不同角度運用詛咒的拉比西耶爾如此命令拉蘇耶爾：

「拉蘇耶爾，我要你停止對精靈石祈禱。」

「為……這是為什麼！」

「這份精靈的詛咒是對付精靈魔法的手段，我不能讓它被解除。況且雖說賈迪爾獲得了寬恕，也不代表我們已經受到原諒。」

「王兄……是因為對精靈石祈禱，詛咒才會解除嗎？」

「我不知道，然而解除是事實。既然有解除的可能性，就必須避免。」

「怎麼會……」

希爾絕望地低喃。看得出來她懷抱著希望，認為如果運氣好，他們的詛咒也能解除。

「請等一下！既然如此，豈不是更該讓王兄繼續當王太子嗎？倘若我們需要一面對抗精靈魔法的盾牌，我來當就行了！」

「拉蘇耶爾，你怎麼能說這種話？」

毫不理會拉拉露的叫喊，拉蘇耶爾繼續吼出自己的主張。

賈迪爾確實自力解開了詛咒，成為半精靈——這豈不是代表他能與英雄羅威爾齊名，同時也是被選上之人的證據嗎？

「兄長更該成為汀巴爾的國王。況且他身邊還有精靈公主，這麼一來，曾經激怒精靈的這個國家就能洗刷汙名，就此國泰民安了，不是嗎！」

「…………」

「而且為什麼……為什麼……既然王兄還活著，他可以在遠處讓我們看看他吧！」

聽到兄長一度瀕死，拉蘇耶爾根本無法默不吭聲。自己能登上王太子，或許只是拉比西耶爾擅作主張罷了。

拉蘇耶爾希望能親耳聽見賈迪爾對他說：「交給你了。」畢竟他與兄長手足情深，萬一賈迪爾其實對此毫不知情，回國後才發現自己已非王太子，將會作何感想？

要是賈迪爾望向拉蘇耶爾的眼神當中充滿悲傷及憎恨，拉蘇耶爾又該如何自處？面對一個已經無法靠近的人，他有辦法獲得對方的原諒嗎？

害怕受到疏遠的拉蘇耶爾真情流露地大吼，最後氣喘吁吁地上下晃動肩頭。

勤務室中無人出聲，現場只充斥著沉重的氣氛。

「王兄他……現在……」

「……聽說在精靈界。因為半精靈化了，他需要一段時間讓身上的力量適應這個世界。儘管訂婚時我們見過面，但馬上就……」

「親愛的！你為什麼不叫我到場呢？你明明見到賈迪爾了不是嗎？」

賈迪爾去接艾米爾後就生死未卜，拉拉露王妃已經半年以上沒見到他了。

看到拉拉露眼裡噙著淚水質問，拉比西耶爾罕見地露出為難的表情。

「抱歉，當時我只想著『無論如何都要讓他們訂婚，否則一定會溜走』。」

「溜走？」

「這是可想而知的事，因為羅威爾他們根本不想和我扯上關係。他一直嚷著不想交出他溺愛的寶貝女兒。」

明明談的是賈迪爾，為什麼會扯到英雄呢？拉蘇耶爾等人一臉不解。

不對，他們現在才發現，自己明明帶著悲愴的神情，在場卻只有國王一派輕鬆，甚至還帶著一抹淡淡的笑容。

拉拉露等人這才終於察覺只有自己沉浸在哀傷之中，不由面面相覷。

「這是怎麼回事……？」

國王的態度不太對勁，不但沒有回應拉蘇耶爾的主張，甚至事不關己地在旁傾聽。聽到希爾不解地這麼問，拉比西耶爾露出爽朗的笑容。

「應該快了吧。」

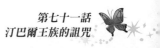

敲門聲在此時響起，正好蓋過拉比西耶爾的這句話。

「什麼事？」

「陛下，打擾了。賈迪爾殿下到了。」

「好，進來吧。」

聽到近衛說的話，拉蘇耶爾等人紛紛瞪大雙眼。

行禮致意後，賈迪爾緩步進入室內，落落大方的模樣讓人產生了他又明顯成長的錯覺。

「……是……賈迪爾嗎？」

拉拉露步履蹣跚地走近賈迪爾，賈迪爾也微笑以對。

「母妃，好久不見。我回來了。」

「啊……賈迪爾！」

「王兄！」

拉拉露等人同時往賈迪爾身邊跑去，他卻急忙舉手制止。

「抱、抱歉，拜託你們別過來！」

看到他的臉色顯得不太好，拉拉露等人的腳就像被釘在地面一樣，動彈不得。

「你、你怎麼啦……？」

聽到拉拉露帶著哭腔這麼說，賈迪爾一臉為難。

「你們難道忘記我們可是被詛咒之身嗎？賈迪爾已經是半精靈了，別靠近他。」

拉比西耶爾的這番話總算讓眾人回過神來。伴隨著一聲：「怎麼會……」拉拉露當場跪地哭泣。見狀，賈迪爾不禁慌了手腳。

「王兄……您的眼睛……」

見到那雙七彩閃耀卻又帶著強烈藍色色調的雙眼，拉蘇耶爾訝異地睜大眼睛。

「噢，這個啊？好看嗎？」

賈迪爾絲毫沒有察覺到拉蘇耶爾等人的心情，有些難為情地回問。

「……好看、好看……好看得不得了呢！」

拉蘇耶爾不客氣地回嘴，怒目瞪向賈迪爾。賈迪爾因此愣愣地眨了眨眼。

與拉蘇耶爾之間的溫差讓他不解地緩緩歪頭。希爾看在眼哩，嘆了口氣。

「王兄還是老樣子，就會惹拉蘇耶爾生氣呢。看您一切安好，我總算放心了。」

她聳了聳肩說著。仍在狀況外的賈迪爾「咦？咦？」困惑不已，環視在場的所有人。

他回望依舊哭泣不止的拉拉露，突然像是察覺了什麼。儘管顯得有些戰戰兢兢，他還是慢慢靠近拉拉露，接著屈膝蹲下，輕碰她的肩膀。

「……咦？」

訝異地抬起頭來的人不只是拉拉露，拉比西耶爾等人都瞪大雙眼。發現拉拉露並未觸發詛咒，賈迪爾鬆了口氣，隨即露出開心的神情。

「母妃似乎沒問題呢。」

「賈迪爾……賈迪爾！」

「啊、噢……母妃，很抱歉，讓您擔心了。」

拉拉露趁勢抱緊賈迪爾，賈迪爾的手也放在拉拉露的背上，環抱著她。

拉蘇耶爾和希爾都看似羨慕地望著他們。拉比西耶爾則是一臉興致勃勃。

「拉拉露生下了我的孩子，卻沒受到詛咒的影響，真是神奇。」

「為什麼只有母妃可以……我覺得好不公平。」

「呵……」

聽到拉蘇耶爾這麼說，拉比西耶爾忍俊不禁。

總算鬆開手的拉拉露擦乾眼淚站起身，接著改抱向拉蘇耶爾。

「母、母妃！」

拉蘇耶爾瞬間慌了手腳。而拉拉露隨即又抱緊希爾，似乎是在分享賈迪爾的擁抱。

「母妃還是老樣子呢。」

看到場面總算穩定下來，賈迪爾苦笑著起身，端正站姿。

「我想介紹一個人給你們認識。」

「嗯，想必她正等待著現身的時機吧？」

「是的……艾倫，過來吧。」

伴隨著賈迪爾的這句話，眾人一起看向門口。首先出現的是——艾倫的那撮呆毛。

「咦……」

在拉蘇耶爾發出疑惑聲的下一秒，艾倫輕盈地走入室內，行了個美麗的淑女禮。

「……我是艾倫．凡克萊福特。」

看到艾倫登場，除了拉比西耶爾和賈迪爾之外，在場所有人都訝異地睜大雙眼。

＊

光是在門外，艾倫就感覺得到門內有詛咒的氣息。不過直接看到還是會忍不住想保持距離。

拉比西耶爾依舊坐在房間深處，所以倒是不成問題。第一公主的詛咒卻令艾倫在意得不得了。

（這……是怎麼回事？）

她瞄了賈迪爾一眼，想知道他有沒有發現，沒想到他卻露出彷彿融化般的笑容。賈迪爾接著伸出手，艾倫於是反射性地回握他的手。

「我和艾倫訂婚了。」

「怎麼會……！」

聽到王妃拉拉露驚叫出聲，艾倫的肩膀不禁抽動了一下。

（難……難道對我的第一印象糟透了……？）

仔細想想就會察覺，眼前的拉拉露是自己的婆婆，拉比西耶爾這個腹黑則是公公。一意識到這件事，艾倫的身上便不停冒出冷汗。

這樣的感覺她有印象——第一次造訪羅威爾的老家時，面對身為貴族的祖母，她也是跟現在一樣繃緊身體。

原以為會展開女王對婆婆的婆媳戰爭，她還因此捏了把冷汗。不過當時的她肯定沒想到，有朝一日會輪到自己遇上這種事。

（媽媽還輕描淡寫地說：『要是覺得尷尬，不要見面就好了。』可是……）

正因艾倫現在踩在相同的立場，才親身體驗到精靈界女王的強悍。若要問她有沒有辦法像奧莉珍那樣……鐵定沒辦法。

（況且我平常對陛下說話都沒在客氣，想到什麼就說什麼。現在好難面對他……）

現在回想起來，那場訂婚儀式只能說來得相當強硬，讓當時的艾倫也有些不堪負荷。不過此刻拉拉露受到的衝擊想必更大吧，說不定會覺得自己被排除在外。

（說的也是……差點死掉的兒子雖然回來，卻突然表示自己訂婚了。在驚訝之前，應該會很生氣才對……）

艾倫一臉擔憂。然而賈迪爾以念話告訴她：「沒事的。」

拉拉露的回應反倒讓艾倫始料未及——

「這樣不算犯罪嗎？」

拉拉露的叫聲讓艾倫嚇了一跳，定格在原地。

搶在艾倫回過神來之前，拉拉露便移動到賈迪爾和艾倫之間，把她護在身後，隨即質問賈迪爾：

「賈迪爾！母妃想說你終於回來了，卻突然說什麼訂婚……你之所以隱瞞這麼久，是為了強迫這麼小的女孩子跟你訂婚吧？」

「母、母妃，您誤會了！」

一旁的拉比西耶爾幸災樂禍地看著這個場面。不過當拉拉露的怒火轉向他，他便立刻繃緊面容。

「親愛的，你也真是的，居然不阻止賈迪爾和這麼小的女孩訂婚，甚至承認這場婚約！你怎麼可以這麼過分！」

「嗯……妳好像誤會什麼了……」

「我哪裡誤會了？」

拉拉露怒不可遏，身後的艾倫則是一臉消沉。

（小女孩……）

拉拉露的話語不斷重創艾倫的心。

從以前開始就是這樣。轉生前的她就算交到男朋友，對方也會在首度約會那天的回程表示：「這樣看起來很像不肖之徒，我不想跟妳走在一起。」或是當自己下定決心告白，對方卻說：「感覺很像跟小孩交往，所以我對妳沒那個意思。」

踏入職場設施之際，她也曾被警衛誤認為小學生而攔下。原本就快忘卻的苦澀記憶，現在宛如走馬燈般地不斷轉動。

賈迪爾的身高大概是一百八十公分多一點，站在身旁的她卻是好不容易才超過一百四十公分的女孩子。這樣的身高差距要說是兄妹，人家會接受嗎？

睽違多時見到賈迪爾，他的身高已經高得讓艾倫必須仰望他。或許是擔心艾倫的脖子會痠吧，賈迪爾總是自然而然地屈膝，或是帶她到椅子、沙發坐下。就是因為他如此體貼，艾倫平時才能不去在意這些。

（這麼說來，爸爸也總是馬上把我抱起來……）

一旦和成年男性並排站著，確實只有身高差距很顯眼。況且步伐大小也不同，羅威爾抱著艾倫走會比較快。

艾倫這才察覺，但凡是正常人，聽到居然要和這麼小的孩子訂婚，會出現像王妃這樣的反應很正常。

羅威爾並非離不開孩子，而是擔心嬌小的艾倫才無法放手。時至今日才意識到這點，艾

倫總覺得相當愧疚。

（可是我最近稍微長高一點了耶……）

見艾倫失落得就快哭出來，第一公主希爾暗自忐忑不已。

兩人四目相交，突然恍然大悟的希爾趕緊對王妃這麼說：

「母親，艾倫小姐應該就快成年嘍，因為我聽說她和艾米爾同年啊。」

「…………………咦？」

拉拉露足足花了好幾秒鐘才理解希爾的話。她緩緩轉向艾倫問道：

「……妳幾歲了？」

「今年即將滿十五歲……」

望著被人當成小孩而滿臉委屈的艾倫，拉拉露訝異地吐出：「不會吧……！」

「母妃，艾倫是精靈喔。」

「精、精靈……！」

「汀巴爾國的英雄羅威爾閣下，與精靈女王奧莉珍陛下所生的女兒，就是艾倫。」

聽到賈迪爾的這句爆炸性發言，拉拉露隨即感到一陣暈眩。

＊

賈迪爾急忙攙扶差點昏倒的拉拉露，並將她帶到一旁的沙發坐下休息。她雖然沒有暈倒，卻覺得眼前一陣昏沉。

請近衛上茶、暫時留意拉拉露的狀況後，他們重新自我介紹。

「妳還記得我嗎？我是拉蘇耶爾．拉爾．汀巴爾。」

「啊！好……好久不見……！」

自從八歲時見到賈迪爾和他一起，觸發詛咒而導致雙方都昏倒後，他們就沒再碰過面了。艾倫記得對方比自己大一歲。

顧慮到詛咒的拉蘇耶爾，站在離艾倫和賈迪爾有段距離的地方，所以不知道他確切的身高。比賈迪爾小三歲的他今年十六歲，是即將成年從學院畢業的年紀。

他的身高比賈迪爾稍矮一點，相較之下，體格卻比賈迪爾來得精實。

拉蘇耶爾是第二王子，未來原本是要輔佐賈迪爾的，所以他一直在近衛騎士團見習。

「但應該也會被迫喊停吧……」

從學院畢業之後，預計便會開始正式訓練。因此就算聽到自己被冊立為王太子，他臉上也沒有開心的神情。

「我是希爾．拉爾．汀巴爾，一直很想和妳見上一面。現在見到了，我很開心喔。」

「好、好的？我、我也很開心！」

沒想到要稱呼為小姑的人會表示很想見到自己，艾倫因此繃緊身體。見狀，希爾忍不住輕笑。

「過去在妳昏倒之後，愚兄和愚弟竟然數次造訪宅邸，說是要跟妳道歉……實在非常抱歉。」

「咦？啊……」

艾倫這才發現希爾是在說七年前的事，於是急忙開口：

「其實……我當時不在宅邸，所以不知道兩位殿下來訪。我才該道歉，勞煩兩位跑了好幾趟。」

「哎呀，沒關係，因為那是我設計好的。我派人去了凡克萊福特家，要他們讓妳遠離宅邸。」

（咦？她剛才好像說了很勁爆的話……）

聽說希爾大她兩歲。這代表當時年僅十歲的女孩事先聯絡了對方家族，告知自己的兄弟們會去叨擾。

「……王姊？」

現在才得知這件事的拉蘇耶爾猛盯著希爾。至於賈迪爾似乎早已知道這件事，只是看著

遠處。

「誰想得到自己人當中，居然會有這麼多敵人……」

「原來我見不到艾倫小姐，是王姊從中作梗嗎！」

「居然到現在才發現，你真的很愚鈍耶。這樣真的有辦法當國王嗎？」

「王姊！」

雖說是姊弟，希爾的用詞卻如此辛辣，讓艾倫驚呆了。她環顧四周，發現這樣的互動在他們之間似乎是家常便飯，拉比西耶爾也顯得很開心。

（陛下看起來好開心……）

眼下他臉上的笑容不是平常那種大膽無畏的笑，而是為人父親，非常柔和的微笑。他就這麼看著賈迪爾他們。

艾倫並不了解汀巴爾王室。她現在才發現，由於他們是虐殺精靈的國王後裔——這樣的主觀印象——以及過去和拉比西耶爾的話術攻防，讓她只看到了表面上的他們。

（因為艾齊兒小姐那件事，我還以為他們的環境很糟糕……）

他們也都有家人，也會和樂融融地聚在一起。既然如此，為什麼會出現那麼扭曲的人呢？艾倫百思不得其解。

（對了，據說是因為陛下覺得個性漸漸扭曲的艾齊兒很有趣，在一旁搧風點火……）

她記得奧莉珍曾看著水鏡說：「腹黑可是說過這種話喔！」當時她們還一起對此憤慨不

已。

儘管艾倫能理解那時的拉比西耶爾還不成熟，最大的犧牲者卻是羅威爾。縱使隨著視野拓展，認知也有所改變，她依舊無法原諒這件事。

（在賈迪爾等人面前流露父親模樣的他，是很溫柔的嗎……？）

或許拉比西耶爾是會清楚區分兩種場合的人吧。

「……真是對不起，我亂了分寸。我是拉拉露．拉爾．汀巴爾，是這幾個孩子的母親。」

「那個……很抱歉，我長得這麼慢……」

「別這麼說，我才應該道歉，是我誤會了。畢竟我這個兒子過去始終拒絕了每個未婚妻候選人，堅持不和女性有所來往，現在卻帶了這麼可愛的女孩子回來。我還以為他有喜歡小女孩的癖好，嚇死我了。」

「呃……啊，我……」

聽到話說得這麼露骨，艾倫在驚嚇之餘根本不知道該回答些什麼，有些招架不住。

「他沒有強迫妳嗎？即使妳是精靈王的女兒，既然頂著凡克萊福特這個姓氏，面對王族，拒絕的手段想必很有限吧？話又說回來，選這孩子真的好嗎？既然妳是精靈國的公主，應該有很多人可以選吧？」

拉拉露一句接著一句，內容對賈迪爾可說是毫不留情。

「母妃……」

賈迪爾同樣大受打擊，這才知道原來母親是這麼看待自己的。至於拉比西耶爾則是別過頭，抖動雙肩，隱忍著笑意。

「平常對我那麼強勢的艾倫居然無法招架……呵呵呵……」

見到艾倫這副難得的模樣，拉比西耶爾無法停止笑意。

艾倫本以為他是在笑賈迪爾，沒想到卻是自己。察覺這點後，她的表情瞬間消失。

（撤回前言！腹黑先生還是一樣腹黑！）

接著，她擺出不悅的臭臉。發現艾倫的臉頰鼓起，賈迪爾立刻傳送念話：『艾倫，雖然這樣很可愛，但妳冷靜一點。』

「哎呀，這個女孩子這麼可愛，對你卻很強勢嗎？」

「我覺得自己贏不了的人除了妳，再來就是艾倫了。」

「哎呀，這樣啊。」

看到拉比西耶爾被笑容滿面的拉拉露緊緊捏著手背，艾倫訝異地眨了眨眼。

「啊～……抱歉，艾倫，妳嚇到了吧？」

賈迪爾面露苦笑，艾倫則是老實地點頭。

拉比西耶爾明明在場，現場的氣氛卻這麼柔和，令她感到非常神奇。

（是王妃殿下營造並整合周圍的氣氛呢。）

好厲害——艾倫感動不已。

（媽媽她……就不行了。）

艾倫忍不住苦笑著這麼想。畢竟艾倫的母親有自己的立場，要是發現被拿來比較，她絕對會鬧彆扭，叫著：「討～厭啦！艾倫好過分！」

「和以前見面時相比，艾倫小姐幾乎沒變耶。沒想到真的是精靈……」

拉蘇耶爾似乎還沒完全回過神來，小聲地如此呢喃。

「其實精靈在某種程度上，成長速度跟人類是一樣的。然而力量一旦覺醒，成長就會幾乎停止。我的情況好像是覺醒得太早了……」

為了實現羅威爾的心願，艾倫下意識停止了成長。不過雙女神告訴她，包括這點在內，追根究柢是因為力量太早覺醒了。

否則就算想停止成長也做不到。艾倫聽了只能認同。

「哎呀，精靈大人也好辛苦……那妳的成長就這麼停滯了嗎？」

以人類而言，十五歲女性已經是差不多要停止成長，定型的年紀了。沒想到精靈卻是相反，反而讓人在意。

「雙女神會幫助我成長，所以沒問題。我以後還會長大的！」

聽到艾倫堅定地表示期待，賈迪爾以外的人們明顯困惑不已。

「雙女神……」

儘管曾在教會聽見這個名號，卻難以意識到對方是真實存在的。而拉比西耶爾曾直接見過她們，倒是不會懷疑這點，讓他感到困惑的是艾倫的成長。不過艾倫對此並未察覺。

「艾倫的母親是精靈界的女王，女王的雙胞胎姊姊就是雙女神，我聽了也很驚訝。她們是非常溫柔且偉大的女神喔。」

聽完賈迪爾所說的話，拉拉露放空似的以「噢……」作為感想，看來腦袋一時之間還跟不上。

「說到力量。羅威爾會用結界和冰魔法，但我還不知道艾倫的力量呢。妳到底具備什麼能力？」

聽到拉比西耶爾的這句話，艾倫和賈迪爾都繃緊身子，心想：終於來了。

關於這件事，之前他就曾和賈迪爾他們提過。為了見上一面並談論艾倫和賈迪爾運用力量的方式及立場，才會有今天這樣的場合。

＊

艾倫和賈迪爾端正姿勢，態度也跟著改變。室內的氣氛因為緊張而顯得沉重。

拉蘇耶爾和希爾忍不住繃緊身子，拉拉露則是訝異地呆站在原地。見狀，拉比西耶爾皺緊眉頭。

「我不能說出自己的力量。」

「……什麼？」

「一旦揭曉我的能力，將會波及這個國家，屆時想必不是打上一仗就能解決的。從金錢價值乃至萬物全會崩毀。」

「崩毀……？」

「陛下，艾倫的力量，以及我透過艾倫獲得的能力，都是必須為了這個世界使用的力量……不能為了一個國家動用。」

「……這是什麼意思？」

聽到「世界」二字，在場所有人都面面相覷，困惑不已。唯有拉比西耶爾始終看著艾倫。

「艾倫，羅威爾自始至終一直藏著妳的力量吧？」

「是的。」

「妳會製藥，又或是和妳締結契約的精靈在製藥——外頭是這麼傳的。這是真的嗎？」

「…………」

艾倫並未肯定，也沒有否定。不對，她才剛說自己不能說，因此在某種意義上算是回答了吧。

「嗯，算了。原來如此啊……我一直覺得凡克萊福特的繁榮，有好幾件難解的事。」

「……比方說？」

「領地好得異常的天候。王都明明下著大雨，我卻常常聽說凡克萊福特只下小雨。」

「啊～……」

「就算下雪，也幾乎不會形成積雪，沒人會在冬天凍死。白天是晴朗的好天氣，晚上則下起小雨。作物持續豐收……這很明顯不對勁。」

「那是因為……」

透露這點小事應該無傷大雅吧？艾倫嘆了口氣說：

「是我請大精靈幫忙的。」

聽到她這麼說，拉蘇耶爾和希爾都驚愕地望著艾倫。

光、雨、土、植物……當艾倫說出她請掌管各種要素的大精靈幫忙時，拉比西耶爾不禁蹙起眉頭。

「這會持續到什麼時候？」

「本來只打算持續到領地的治療院上軌道為止，但大精靈們都樂在其中……命令自己的眷屬精靈擅自繼續幫忙。所以現在我也不知道他們什麼時候會停手。」

艾倫越說越小聲。看來這件事可以說是幾乎脫離她的掌控了。

凡克萊福特領的農業主要生產的是麥子、甜菜、玉米。

說到大量培育這些原料作物能做些什麼？當然就是精靈們最愛的甜點和酒。

農民每個月都會奉上那些東西當作謝禮，等於建立了雙方都有好處可拿的關係。只要這層關係沒有斷絕，想必互惠關係就會繼續下去。

「除了部分大精靈，精靈原本是沒有互助合作的概念的，因為彼此掌管的事物不同，對隸屬其他精靈的人事物出手等同於挑釁……然而這次我拜託大家幫忙，植物因此潤澤成長，後來又經由人類加工製成飲品和甜點奉獻回來。大家獲得人類眾多的感謝，還收到奉獻，成為自己的所有物……這樣的程序好像讓他們覺得很新鮮……」

「新鮮……？」

「追本溯源，所謂的精靈其實是自女王的心願誕生的，為了女王和世界使用力量是理所當然的事，也是使命，接獲命令去執行某件事再正常不過，因此他們並沒有從中獲取報酬的概念。畢竟拒絕女王的命令，便等於否定自己的存在意義。」

精靈的常識原本就和人類大相逕庭。倘若不從根本開始解釋，想必無法理解吧。

「精靈魔法師也是如此。精靈只是在能力範圍內實現人類的願望，其中並不存在任何代價。」

「嗯……的確……」

「只要留心控制力量強弱，自己的力量會在人界起到什麼作用……大家似乎覺得這點很新鮮、很有趣。」

精靈們因為艾倫請求幫助而頓悟，開始覺得研究彼此的力量會產生什麼作用非常有趣。

況且其他屬性的精靈也很羨慕能拿到甜點的精靈，所以會主動來詢問艾倫，看自己能幫上什麼忙。

從前未曾接觸過的火之大精靈對製作甜點的人們很感興趣；水之大精靈得知各種製酒的過程，顯得興奮萬分。

見別的精靈接二連三獲得工作，還得到甜點作為報酬，精靈中數量最多的風之精靈群起騷動，嚷著：「我們也要！」

「風之精靈們也說他們想工作……於是我拜託他們協助吹乾治療院的洗滌物，並幫忙馬匹們。」

「…………」

艾倫的話實在讓拉比西耶爾頭痛不已，用手揉著右側的太陽穴。

「啊……所以凡克萊福特才會有很多精靈魔法師的契約者呀！」

拉蘇耶爾一時沒忍住，從沙發上起身說道。

凡克萊福特領各處都有精靈的目擊情報，加上之前還出現了與大精靈締結契約的人，那裡已經變成能見到精靈的能量景點了。

過去有著這樣地位的是學院，然而自從學院的黑暗面曝光後，說到締結契約就要去凡克萊福特，是以領地內充滿了想成為精靈魔法師的人。

「啊，我有聽叔叔說過……」

記得由於卡爾在凡克萊福特領成為精靈魔法師，導致憧憬成為精靈魔法師的人紛紛不請自來，讓索沃爾傷透腦筋。

（叔叔就是因為這件事才會慘叫啊……）

精靈們發揮作用，結果卻帶來索沃爾的慘叫。

「不，原因與其說是凡克萊福特，倒不如說是妳吧。」

拉比西耶爾傻眼地如此斷定，艾倫的肩頭因而一顫。

「託妳的福，一切都改變了啊。」

「…………」

（奇怪？他在誇獎我……？）

面對出乎意料的事態，艾倫不禁心跳加速，以「我被誇獎了嗎！」的表情及閃耀的眼神仰望賈迪爾。望著這樣的艾倫，賈迪爾也勾起嘴角。

看上去就像是兩人以眼神交流，表示：「太好了。」

「席爾瓦斯特礦山重啟的理由呢？」

「咦？」

拉比西耶爾開門見山的詢問，讓艾倫不禁反問了回來。

「啊～……那算是土之大精靈的努力……吧？」

（其實是我啦！）

儘管藉口牽強無比，不過看到艾倫的反應，拉比西耶爾便了然於心地笑了。

「就當成是妳說的那樣吧。不過這下可傷腦筋了，我本來想說有事之際要找你們幫忙的。」

「陛下，畢竟我都已經入贅了……」

賈迪爾迂迴地表示，拉比西耶爾沒有立場做出這種請求。

「這樣啊。那我就繼續使喚羅威爾吧。」

而拉比西耶爾一派輕鬆地說著，看起來一點也不覺得遺憾。

（感覺爸爸會大叫「不要」……）

艾倫忍不住這麼想。

接著，拉比西耶爾輕嘆出聲，表示這件事到此結束，氣氛頓時不再那麼緊繃。

見拉比西耶爾並未如他們所想的繼續追問，繃緊神經的艾倫有些反應不過來，卻也鬆了口氣。

自從發生學院那件事後，艾倫總是感受得到拉比西耶爾對於精靈的敬重及保持距離。對她而言，現在這種感覺很奇妙，也跟平常的相處模式不一樣。

「……你們什麼時候要舉辦婚禮呢？」

拉拉露突然提問，艾倫和賈迪爾同時「啊」了一聲。被兩人以責怪的眼神盯著瞧，拉比西耶爾雖然沒有表現出來，內心卻有些慌張。

只見他清了清喉嚨，對拉拉露說：

「說是五年後。」

他們明明已經事先告知拉比西耶爾了，他卻沒傳達給拉拉露他們。

「五……五年後？會不會太久了？」

儘管對艾倫來說，二十歲結婚已經很早了，不過如果沒有什麼狀況，汀巴爾國內的平均結婚年齡是成年後的十六～十八歲。

倘若是五年後，賈迪爾也二十四歲了。身為貴族無論男女，到了二十四歲才要結婚，會讓旁人覺得其中可能有問題。

拉拉露會覺得太久也無可厚非。不過她之所以會如此再三確認，說起來應該是顧慮到艾倫的年紀。

（這個世界的女人要是過二十歲才結婚，人家會覺得「終於嫁掉了」，所以她是在擔心我吧……）

艾倫不禁望向遠方，只覺得人生好難。

問題接二連三出現而使得婚約破局時有耳聞。既然如此，儘早結婚反而乾脆。

如果男方要求女方：「再等五年。」一般來說，女方都會直接回絕這門婚事。

「因為雙女神嚴格要求，最快也要等五年才能和艾倫結婚。」

見賈迪爾說得輕鬆，彷彿表示「五年已經很短了」，拉拉露等人訝異不已。

「哎呀……雙女神說的？」

由於艾倫的力量和身體已然失衡，雙女神要他們等到身體成長後再結婚。剛剛才說不能透露自己的力量，結果搞得現在不知道該怎麼解釋才好。

（怎麼辦……）

儘管艾倫事先已經想好了一套說詞，但她當下比想像中還要緊張，腦袋裡淨是想些有的沒的，根本沒辦法好好說出口。此時卻出現了意外的援軍。

「五年後啊……畢竟要是現在馬上舉行婚禮，不知情的人看了一定會覺得是犯罪嘛。這也沒辦法。」

「母……母妃……？」

聽到「犯罪」二字，艾倫和賈迪爾雙雙受到打擊。

接著，拉拉露就這麼走近有些放空的艾倫，握住她的雙手。

「之前履行王太子責任的一直是賈迪爾，今後必須交接給拉蘇耶爾，所以能不能也給我們一點時間？」

「好、好的！」

艾倫用力地點頭。

「哎呀，我好高興！話說回來，妳怎麼這麼可愛！因為希爾很講究自己的品味，我都不能幫她打扮！」

「母親，人家會很為難喔。」

「哎呀……是這樣嗎？」

見到拉拉露被希爾勸誡後失落的模樣，艾倫不禁苦笑。

「艾倫小姐，妳如果討厭就要說出來，不說的話母親會得意忘形，請務必小心喔。」

「哎呀，討厭啦！人家可是知道妳喜歡可愛的東西喲。妳小時候不是哭著說過『想要一個妹妹』嗎？這孩子知道拉蘇耶爾是男孩子時還很失望呢。」

「母親！」

「王姊……太過分了……」

丟臉的事蹟被爆出來，讓希爾氣得漲紅了臉。而聽聞這件始料未及的事，一旁的拉蘇耶爾也大受打擊。

「要是沒被詛咒，我也想和艾倫小姐一起去逛街呢……」

希爾遺憾地說著。艾倫忍不住開口：「那個……」

「怎麼了呢？」

「就是……希爾公主的……」

「我？我怎麼了？」

艾倫瞥了賈迪爾一眼，賈迪爾卻不明所以地歪著頭，頭上掛著一個問號。

看來能看見希爾的詛咒狀態的人，只有艾倫。

「希爾公主……您有什麼和別人不同的特殊技藝嗎？」

「咦？」

「那是鳥嗎……？其實我也不知道為什麼會變成那樣……」

「鳥……妳在說什麼？」

所有人都一臉疑惑。伴隨著一句：「冒犯了。」艾倫從沙發起身走向希爾。

「艾倫？」

賈迪爾只看得見希爾身上有著和拉比西耶爾他們同樣的詛咒，因此認為一旦艾倫靠近，詛咒就會伸向她。

「過來吧。」

這麼說著的艾倫對著希爾張開雙手。下一秒，黑色的詛咒便從希爾身上湧出。

「糟了！」

賈迪爾急忙探出身子，想站到艾倫面前。希爾的詛咒卻在艾倫手中劃出一個圓，接著形成球體，飄浮在半空中。

「……咦？」

所有人都瞪大眼睛，不知道發生什麼事。此時，飄浮在艾倫手中的球體突然生出一對羽翼。

接著慢慢成形，變成鳥的形狀。

「難道……是老鷹？」

誠如拉比西耶爾所言，那東西看起來就像是從卵中孵化的黑色老鷹。儘管乍看之下可能會覺得是烏鴉，不過從尾羽的特徵來看確實是老鷹。

「雖然感覺跟所謂的精靈不太一樣……」

『女……神……大……人……』

艾倫將額頭抵在黑鳥的額頭上，閉起眼睛，一一解開由詛咒流過來的心情。

「與其詛咒他人，你們更想貼近希爾公主的心願嗎？可以啊，讓我實現你們的願望。」

「艾倫，妳這樣……！」

賈迪爾開口制止，艾倫卻對他嫣然一笑。

「賈迪爾，我啊……」

想貼近變成詛咒的精靈們——艾倫這麼說完，老鷹隨即發出光芒。

艾倫解放女神之力，一一消除被悲傷束縛的記憶。

經過這麼長的歲月，他們已然化為一體。只要依循他們的心願留下希爾的念想，應該就能重生了。

（如此一來……！）

黑色的詛咒往上竄出，升向天際後溶解。當黑色混濁的魔素慢慢消失後，留在艾倫手中的正如拉比西耶爾所想，是一隻充滿光輝的小老鷹。

那隻老鷹展翅在室內盤旋，接著跳到希爾面前。

「請妳聽聽這孩子的聲音，側耳傾聽牠的話語。」

見希爾一愣一愣的，艾倫輕聲地這麼告訴她。

『……羅……克盧……』

「羅克……盧……？」

希爾跟著複誦在腦海迴響的聲音。隨後，兩人之間發出光芒，代表祝福降臨。

「希爾公主，恭喜妳！你們要好好相處喔！」

艾倫笑吟吟地說著。希爾卻仍愣在原地，看似不知道自己到底發生了什麼事而茫然不解。

這時，名為羅克盧的精靈拍動翅膀，緩緩落在希爾的肩上，貼近她的臉頰。

「難道……詛咒受到希爾意念的影響，昇華成精靈了嗎？」

賈迪爾喃喃說道。艾倫點了點頭。

「希爾公主，妳好厲害！」

一如賈迪爾身上的詛咒貼近他的心緒而被淨化，希爾身上的詛咒也因為貼近她的心願化為精靈。

面對出乎意料的事態，就連拉比西耶爾也啞口無言。

「騙人……騙人……我們不是被詛咒了……不能靠近精靈嗎……所以我明明早就放棄這

件事……」

據說難以令其動容的希爾，現在卻不斷掉下眼淚。

「太好了，希爾……！」

來到身旁的拉拉露抱緊希爾。

受詛咒的王族能半精靈化並和精靈公主訂婚已是一場奇蹟，想不到詛咒竟然還變成精靈，有個人甚至跟這個精靈締結了契約。

「原來希爾銳利的鷹眼和精靈魔法類似啊。我就覺得她的視力很好……」

「看來『想這麼做』、『想變成這樣』的心思，連詛咒都能感化呢。」

艾倫這時總算明白，希爾也和賈迪爾一樣懷著強烈的念想。

「啊，麻煩陛下和拉蘇耶爾殿下別太靠近精靈喔。」

「為……為什麼……」

拉蘇耶爾一臉大受打擊地望著艾倫，讓她不禁覺得有些愧疚。

「因為你們的詛咒沒有變化……對不起。」

「為什麼連王姊都獲得解放了！」

看到拉蘇耶爾泫然欲泣地吼著：「也太詐了吧。」艾倫不由得悲從中來。此時拉比西耶爾抓住拉蘇耶爾的肩膀，將他留在原地。

「沒想到我現在連女兒都不能靠近了……」

明明是件值得開心的事，拉比西耶爾卻不太開心，滿臉複雜。

「只要精靈不在附近，您要碰觸希爾公主也沒關係喔。」

「什麼？」

「賈迪爾是因為身體已經半精靈化了……啊，不過……」

「怎麼了？」

「爸爸說過，賈迪爾或許沒有問題……」

「……這是什麼意思？」

「儘管賈迪爾的身體半精靈化了，但人類的部分依舊有很多，所以爸爸覺得影響或許不會那麼大。況且人類的部分本來就受到詛咒，搞不好已經產生耐受性……」

「嗯……」

「什……」

無視於陷入沉思的拉比西耶爾，一旁的拉蘇耶爾二話不說，冷不防就抓住賈迪爾的手。

下一秒，拉蘇耶爾的詛咒膨脹，就要吞沒賈迪爾。

「賈、賈迪爾！」

「嗚哇！」

艾倫和賈迪爾因此慌了手腳。但原本要吞沒賈迪爾的黑色詛咒越來越稀薄，最後消失無蹤。

「咦…………？」

所有人都瞪大雙眼。還來不及思考到底是怎麼回事，拉蘇耶爾便抱緊賈迪爾。

「拉蘇耶爾！」

「……沒事！王兄，我們都沒事耶！」

見拉蘇耶爾到處摸著自己的身體，賈迪爾不由怒火中燒。

「拉蘇耶爾——！你嚇死我了！」

他的拳頭就這樣抵在拉蘇耶爾的左右兩邊太陽穴上，用力旋轉。

「好痛啊啊啊！王兄好過分！」

「哦……」

拉比西耶爾也興致勃勃地把手放在賈迪爾肩上。

同樣的現象再度發生，這回賈迪爾依舊沒事。覺得有趣的拉比西耶爾不斷拍著賈迪爾的肩膀。

「還請您適可而止！」

雖然賈迪爾看起來很生氣，卻又顯得有些開心。

艾倫再次覺得「家人之間互相碰觸果然很重要」。開心的事接連發生，讓她也跟他們一同開心。

第七十二話　汀巴爾王國的人們

藍天澄澈無雲。在徹底獲得和平的汀巴爾國王宮某室內，年邁的精靈魔法師從窗戶仰望天空，伴隨著嘆息開口：

「因為救了精靈公主，賈迪爾殿下和希爾公主都從詛咒中解放了……實在諷刺啊。」

替汀巴爾國工作的精靈魔法師們，大致上都聽說了這一連串事件的詳情。

得知賈迪爾的願望成真，解放了被詛咒束縛的精靈們，他們無不訝異。

賈迪爾的瞳眸本是象徵王族的清澈藍色，然而如果改變觀看的角度，會變成七彩多變的藍紫色，昭示他已經半精靈化的事實，令他們覺得心情沉重。

況且締結了婚約的艾倫就站在他身旁，讓那抹色彩代表的含意更加淺顯易懂。

王宮裡的精靈魔法師們，身邊都有稱得上是生涯夥伴的精靈，因此大多不太喜歡受到精靈們詛咒的王族。

要說他們是因為待遇優渥，又想為祖國效勞才擔任官職也不為過。

「雖然當初是我們說『迎接王族這件事恕難從命』的……現在想想倒是很懊悔啊……」

如果他們有保護好王子，他就不會半精靈化，未來或許會大不相同。

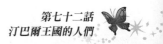

「可是賈迪爾殿下看起來很幸福喔。」

旁邊另一位精靈魔法師從窗戶往下看，欣慰地說著。

賈迪爾對艾倫一見鍾情，心裡始終只有她——這是眾所周知的事實。

儘管艾倫原本就在王子們的未婚妻候補名單上，然而諷刺的是初次見面之際，她便察覺到王室的詛咒。

無法與英雄的女兒訂婚，讓許多人都覺得遺憾。但賈迪爾依舊沒有放棄。

他拒絕了候補名單上的所有人，在那之後也沒傳出什麼男女八卦。雖然有人表示：「身為一個王太子，這樣是不是不太對？」不過自從知道他們一族受到詛咒後，周圍的貴族便對王族卻步，想必也是原因之一。

覺得這樣正好的賈迪爾順勢拒絕了所有人，並前往迅速發展的凡克萊福特領視察，死命地找機會與艾倫交流。

不對，或許正是因為他早已放棄，才會在整理好心情之前盡可能地垂死掙扎吧。

「沒想到他真的和精靈公主訂下婚約，然後回來了……」

簡直就像夢裡美好的故事。明明是現實，卻又不真實。

「半精靈化這種事，我一直覺得是騙人的……」

英雄羅威爾那時他也是半信半疑。但當他親眼看到英雄羅威爾徹底改變的髮色、眼睛，以及力量後，這才改變了想法。

而眼下賈迪爾也藉由半精靈化解除詛咒，變得和精靈公主一樣擁有美麗的雙眸。他總覺得這是賈迪爾獲准待在精靈公主身旁的證明。

汀巴爾的王族不會靠近精靈魔法師進駐的高塔。一旦他們來了，精靈們就會逃走，所以馬上就會察覺。

但現在如果賈迪爾和艾倫來到附近，位在這座通稱精靈塔的高塔附近的精靈們，就會一口氣奔向艾倫身邊。

賈迪爾和艾倫目前正在精靈塔的正下方，被精靈們包圍著玩耍。見狀，一旁的精靈魔法師全慌了手腳。

於此任職的精靈魔法師，對被詛咒的王族幾乎沒有好感。

因為選上自己的搭檔害怕他們……不，應該說面對獵捕、虐殺搭檔，並企圖憑藉那股憤怒召喚精靈女王的王族後裔，他們有一段時期其實相當煩惱，不知道該不該為王族奉獻這股力量。事實上，煩惱過後，的確有許多人離開了汀巴爾國。

不過這都是近幾年發生的事。年邁的精靈魔法師回想著這些事，突然聽見高塔正下方傳來歡呼聲。

「太棒了！浮起來了！」

「嗚哇！呃……噢……！」

「賈迪爾，加油！」

熱鬧的聲音讓人好奇不已。房間內的人們爭相往下看去，只見賈迪爾輕盈地飄浮在半空中。

「對，就是這樣！不錯喔！」

艾倫開心地喊著，精靈們也跟著發出加油聲，四周充滿溫暖的力量。

可以清楚看到那道人牆的中央空出了一個洞，艾倫和賈迪爾就在那裡，感情融洽地牽著手，緩緩從地面往上飄浮。

「太驚人了！賈迪爾殿下居然浮在半空中……！」

王宮裡的精靈魔法師沒有人會浮游和轉移。綜觀過去的紀錄，也只有羅威爾和凱兩個人會。

甚至連號稱有很多精靈魔法師的海格納國，也沒人會這種技術。人們因此猜測若不是跟可以化為人形的大精靈締結契約，恐怕沒有這種技能。

周圍的精靈魔法師們，以及賈迪爾的護衛們，所有人都訝異地看著艾倫他們。

兩人輕盈地飄浮在空中，緩緩地轉來又轉去，顯得很開心，看來彷彿翩翩起舞的光景非常奇幻。

儘管賈迪爾好幾次差點踉蹌著地，卻仍在艾倫的幫助下再度努力升空。

見狀，精靈魔法師的精靈們也圍繞在四周，替他們兩人加油打氣，簡直就像在祝福賈迪爾成功，讓一旁的人們無不震懾。

「居然……居然……」

或許是上了年紀，老人的淚水流下，伴隨著嗚咽聲。

儘管是以前的事了，這位年邁的精靈魔法師卻還記得賈迪爾殿下認真地跑來詢問精靈的種種。當時的景象恍如昨日才發生，令人記憶猶新。

王子明明那麼喜愛精靈，精靈卻怕他怕得不敢靠近。

由於從歷代精靈魔法師們口中聽聞精靈畏懼王族，他當然也曾探查過原因。而在明白真相是受到詛咒後，王子得知了被最愛的精靈無情討厭的理由，背影看上去是多麼悲傷。這名精靈魔法師只能無言以對，不知道該說些什麼才好。

他只能望著幼小的王子努力忍住不哭的背影。

之後過了幾年，王子的背影成長了。為了迴避戰爭，他抱著一死的覺悟前往鄰國。而老人依舊只能遠遠地看著他的背影。

老人明明是為國家效力的精靈魔法師，卻完全幫不上象徵國家的王室。身為精靈魔法師的他明明擁有力量，卻顯得如此無力。

光是王子能平安生還就很令人欣喜了，根本沒想到還能見到這樣的光景。

老人的視野因為淚水模糊。但為了將王子開心的表情烙印在眼底，他依舊看著下方。結果彼此的視線相交了。

雙方都訝異地睜大眼睛。賈迪爾接著對艾倫說了句話，然後指了指老人。

艾倫點了點頭，雙手挽住賈迪爾的脖子。賈迪爾也抱起艾倫。

他們就這樣往上飄浮，接著從窗外對老人打招呼：

「老師，好久不見！」

「幸會，你好！」

聽到兩人滿面笑容說出的問候，年邁的精靈魔法師淚流不止，只是不斷點頭。

*

賈迪爾在人界的修行決定還在王宮精靈塔這裡，和精靈魔法師一同進行。

在結婚前的這五年裡，他要把工作交接給拉蘇耶爾，同時在人界修行。

根據一番商量後的結論，直到時間來臨為止，賈迪爾將在王宮，艾倫則是在精靈城生活。希爾偶爾會加入，和賈迪爾一起學習精靈魔法。而賈迪爾也會繼續履行王子的責任，並致力於與艾倫的共同事業。

在這樣忙碌的日子裡，賈迪爾某天學會了從人界轉移到精靈城。

與此同時，他和艾倫被奧莉珍叫到水鏡之間。

「要去幫忙精靈嗎？」

「是呀。我想說你們差不多也該放眼世界了。」

聞言，艾倫和賈迪爾不禁面面相覷。賈迪爾身為精靈的自覺仍很淡薄，即使要「為了世界」，他也搞不懂該做些什麼才好。

女神的工作只有女神能夠完成，為什麼要叫賈迪爾一起……？艾倫歪頭這麼想。

「妳想嘛，以前你們不是一群人去幫忙亞克嗎？」

「對……難道又有哪個地方出問題了嗎？」

「與其這麼說，該怎麼講呢……就像妳去學院那樣？」

「參觀入學……咦？所以不是要幫忙，純粹是去參觀？」

「對，就是那個！」

比起希望他們去幫忙，更像是參觀其他精靈們工作的模樣。

「儘管艾倫應該都知道了，可是對小少爺來說，凡事都是第一次嘛。」

「的確……雖說成了半精靈，但我到現在還是搞不懂應該做些什麼才好。」

「一旦掌管的力量覺醒，精靈自然而然會明白自己的使命。可是小少爺以前是人類，別說精靈的感覺了，各方面都和精靈不一樣吧？」

「媽媽這麼說也對……那參觀一天就結束了嗎？」

「這個嘛，畢竟小少爺也很忙，我希望你們參觀那種一天就能結束的事，然後分好幾次參觀吧？」

「這樣的話可以嗎？」

聽到艾倫這麼問，賈迪爾開心地露出微笑。

「謝謝妳替我著想。其實只要以這部分的行程優先就行嘍。」

「但這樣……」

沒問題嗎？艾倫憂心地看著賈迪爾。而賈迪爾回答：「沒問題。」

「也差不多該讓他們習慣沒有我的情況了。」

「拉蘇耶爾王子和希爾公主都很喜歡哥哥呢。」

艾倫嘻嘻笑道。想到那兩人最近總是黏著賈迪爾不放，她就覺得有趣。

「他們才沒有喜歡我，開口全都是在挖苦我耶。我比較想要坦率一點的弟妹啦。」

「你嘴上這麼說，看起來卻很高興喔。」

「咦……有嗎？」

「嗯！」

「哎，因為他們前一陣子都不太黏著我，現在這樣我是覺得很新鮮啦……」

抱著一絲希望的拉蘇耶爾覺得自己身上的詛咒或許會解開，所以一直黏著賈迪爾。

儘管賈迪爾早已解釋過好幾次自己不會淨化，拉蘇耶爾依舊聽不進去。

至於希爾嘛……硬要說的話是想和艾倫聊天，因此頻繁地邀請她參加茶會。

出乎意料的是，艾倫和希爾非常聊得來。雖然她和拉菲莉亞類型不同，不過兩人同樣都把艾倫當成妹妹，百般疼愛她。

況且希爾其實很喜歡可愛的東西和戀愛話題，她們總是聊得很熱絡。

（可以的話，下次我也想邀拉菲莉亞過來……）

雖然兩人是「動的拉菲莉亞」和「靜的希爾」，類型可說是完全相反，但艾倫覺得她們一定會合得來。

就算王族和見習騎士這樣的組合可能很難好好相處，艾倫還是想提議看看。

「好好喔艾倫，妳們看起來很開心～我也想跟妳們一起聊戀愛話題～」

奧莉珍夾雜著嘆息這麼說。賈迪爾不禁訝異地「咦」了一聲。

「妳跟希爾聊戀愛話題嗎……？」

「哇啊啊！媽媽！噓！」

艾倫想起希爾問過她和賈迪爾之間的事，不禁滿臉通紅。畢竟戀愛對象就在身旁，這讓她害羞得不得了。

「哦～？」

被人用這種意味深長的眼神盯著，艾倫冷汗直流。她不經意地別開視線，賈迪爾卻直接親上她的臉頰。

「哇啊啊！」

「呵呵呵，晚一點妳再說給我聽吧。」

「賈迪爾！」

艾倫滿臉通紅，驚慌失措，賈迪爾則是充滿愛意地看著艾倫。見狀，奧莉珍只是笑著守著他們。

注意到奧莉珍一聲不吭，艾倫隨即驚覺——

（被看到了！）

「哎呀～女兒這麼幸福，真是太好了。我也去跟羅威爾撒撒嬌好了。」

「這是個好主意。羅威爾閣下想必也很高興能聽到女王陛下的戀愛話題吧。」

「咦……反了吧……」

「說得對！那明天早上就在這裡集合嘍！羅威爾～～！」

奧莉珍似乎轉移到羅威爾身邊了。根據話題內容，父母搞不好會大吵一架。艾倫的冷汗一發不可收拾。

最近賈迪爾越來越懂得怎麼應付奧莉珍了，艾倫對此難以招架。這恐怕也是攪亂羅威爾的手段吧。

（最近爸爸說賈迪爾越來越像腹黑先生，很難應付，看來就是這麼回事吧……！）

見賈迪爾不斷逼近，艾倫忍不住後退。結果他突然轉移，瞬間出現在艾倫面前，輕輕抱起她。

「哇啊！」

「抓到妳了。」

艾倫還沒習慣這樣的互動，只得頂著紅潤的臉龐，鼓起腮幫子，直接用額頭碰撞賈迪爾的額頭。

「抱歉抱歉。」

「討厭～這樣很嚇人，不要再這樣了！」

「嗯，對不起。」

艾倫就這麼被賈迪爾抱著，一同轉移到精靈城庭園的某張長椅上。賈迪爾把艾倫放在長椅上，自己也坐在旁邊。

不過他仍牽著手以防艾倫逃跑，讓她很傷腦筋。

「妳和希爾說了些什麼？」

「這個……」

該說些什麼呢？艾倫沒有取得希爾的同意，所以不能說她的事。但賈迪爾在意的似乎是艾倫對希爾說了哪些他們之間的事。

「她問我……為什麼會喜歡上你……」

艾倫小聲說道。聞言，賈迪爾探出身子，似乎很感興趣。

「……那妳怎麼說？」

「嗚嗚……祕、祕密……！」

「妳這樣太狡猾了。我也想知道。」

「嗚嗚嗚嗚嗚……！」

艾倫察覺到自己肯定已是滿臉通紅，因為太難為情了，就連身體都開始發燙。但她同時覺得不能說謊，只好斷斷續續開口：

「我對希爾公主說……我放不下你。」

「咦？」

賈迪爾眨了眨眼。艾倫則是用更小的聲量說：

「其、其實……剛認識你的時候，我覺得很討厭……」

「嗚……」

話才剛說完，賈迪爾立刻沮喪不已。艾倫不禁慌了手腳。

事實上，希爾也是直截了當地表示「不知道賈迪爾身上有什麼讓艾倫喜歡的要素」。

「拉菲莉亞被抓走之際……我給了你忠告，你還記得嗎？」

「記……記得……妳告訴我汀巴爾的王族沒有後悔，所以我不可以道歉。」

「嗯。那件事之後，你就變了……」

「我有變嗎？」

「你不是對凡克萊福特領的改革產生興趣，參與了很多工作嗎？」

「是啊，沒錯。那些改革的確很有意思。」

「而你把拉菲莉亞媽媽的事通知我們時，也有遵守我們之間的約定。」

「……嗯。」

「這些作為讓我覺得非常開心。所以那次之後，我就開始注意你這個人了……吧？」

「咦……」

「……可是我畢竟是精靈，總覺得不能和你扯上關係。」

「艾倫……」

「聽到艾米爾說要把你的首級獻給海格納時，我的腦袋一片空白……」

回想起當時的事，艾倫難過地低下頭，賈迪爾於是將她摟近自己。

一點一滴、一點一滴。一件件事情累積後，艾倫才逐漸在意起賈迪爾。

但她告訴自己「不可以」，假裝不知道這份心意。即使如此，一想到賈迪爾可能會死，她終於按捺不住。

「原來是這樣啊……呵呵呵，我好高興。」

賈迪爾開心的嗓音自艾倫的頭頂傳來。

艾倫沒料到賈迪爾會是這種反應，訝異地離開懷抱仰望他。下一秒，他便迅速奪走了她的唇。

「討厭！」

「抱歉抱歉，因為妳太可愛了。」

儘管覺得賈迪爾抱緊自己是想要藉機帶過，不過回想起那件事，艾倫便發覺那份彷彿要淹沒自己的心情已然消散。

「聽到我會被殺……妳覺得很生氣吧。謝謝妳。」

「……嗯。」

艾倫緊緊抓住賈迪爾的身體。想起當時的恐懼，她的身體便忍不住顫抖，但賈迪爾緊緊地將她抱在懷裡。

賈迪爾還活著的真切感受透過體溫傳來，艾倫這才開始放鬆。

「其實……為了想盡辦法吸引妳的注意力，即使很迂迴，我依舊一步一腳印地想靠近妳。」

「咦……？」

這句出乎意料的自白讓艾倫太過訝異，她不禁眨了眨眼。

賈迪爾面露苦笑，有些沮喪地說：「後來被希爾警告……」

「她說我的行動很噁心……」

「唔……！」

希爾意想不到的攻擊令艾倫忍不住噴笑。見艾倫不停竊笑，賈迪爾的眼神就像隻失落垂耳的大狗，顯得沮喪萬分。

「我那時候太魯莽，沒有餘力自省……」

「呵呵……！這樣啊。」

「從小我就很嚮往精靈，想和精靈當朋友，想和他們說話，想得不得了。」

艾倫默默地側耳傾聽賈迪爾突如其來的坦白。

「我一直猛問擔任老師的精靈魔法師：『為什麼？』那時我們一直搞不懂精靈逃離我身邊的理由，老師也拚命地為我尋找原因。」

「難道是當時那個落淚的老爺爺……？」

「對啊。後來知道王族被詛咒，精靈魔法師們開始忌諱我們，冷漠地要我別靠近他們。我傷心透了……只有那位老師始終替我尋找解開詛咒的方法。」

「這樣啊……」

為了讓那名在精靈塔的老爺爺嚇一跳，賈迪爾才會飛到高處的窗邊，向他打招呼。

當時老爺爺哭著點了點頭，開心地看著賈迪爾——這樣的光景令艾倫印象深刻，難以忘懷。

「知道妳是精靈之後，我根本忘我了。我好想跟妳說話，所以拚盡全力。」

「……因為我是精靈？」

「不是。由於是現在，我才有辦法這麼說。光憑妳是精靈這點，根本不會讓我那麼拚命。」

「咦……？」

「畢竟我在跟妳說話之前就已經認識休姆啦，況且王宮又有很多精靈魔法師。我純粹是想跟妳說話罷了，因為我在教堂對妳一見鍾情。」

「……！」

見艾倫再度漲紅了臉，賈迪爾不禁輕笑。

「後來妳肯看著我，願意和我說話……每當夢想一個個實現，我就覺得好幸福。然後也越來越貪心。」

「賈迪爾……」

「我沒想到不只能和妳說話，甚至還能和妳締結契約，現在甚至是妳的未婚夫。所以我很期待，想知道未來還能和妳走到哪裡。」

聽到陶醉在回憶當中的賈迪爾這麼說，艾倫這才真切感受到他如此念著自己，也覺得很開心。

「可是我有這麼不中用嗎……？」

「咦？」

「妳說你放不下我……就是這個意思吧？」

「啊……」

兩人接著有好一陣子沉默不語。艾倫不知道該怎麼辯解，全力策動腦袋思考。在思考的期間，賈迪爾似乎把她的沉默當成了肯定。

艾倫彷彿又能看見賈迪爾那副不存在的耳朵和尾巴沮喪地垂落下來。

「也不能說放不下，應該說是我也很在意你……」

聽到艾倫的話，原本低著頭的賈迪爾這才抬頭，以閃亮的目光看著艾倫，讓她有點難以啟齒。

「媽媽也告誡過我，要我就此打住……」

「女王陛下……？」

「從你對著石碑祈禱之際開始，我想我就已經很在意你……了……」

見到艾倫儘管滿臉通紅，卻仍越說越小聲地告白，賈迪爾那副不存在的耳朵和尾巴彷彿正興奮地擺動。

「如果艾倫真的是這樣想的，我很高興喔……對了，那希爾說了什麼？」

「唔咦？」

賈迪爾突然拉回話題，艾倫只得在慌亂中回想當時的事。

「呃，那個……她說……『妳真的不介意嗎？』」

艾倫自覺已經說得很委婉，不過拉拉露王妃也說過一樣的話，賈迪爾因此聽出希爾同樣意有所指。

「總之就是覺得我一點都不可靠吧。」

那傢伙……賈迪爾憤恨地說著。艾倫只能苦笑。

「照理說希爾應該不會聊自己的事。她有跟妳商量嗎？」

「希爾公主的事嗎……」

嗯～見艾倫開始思索，賈迪爾露出苦笑。

真要說起來，希爾確實常常陪別人商量戀愛煩惱，甚至謠傳「只要找希爾商量，戀情就會成真」。

賈迪爾不認為這樣的她會找艾倫這個戀愛新手商量，卻仍忍不住問了一下。

＊

當希爾解除精靈的詛咒，並和新的精靈締結契約的消息傳開後，希望和她訂婚的人便瞬間爆增。

為了區分「這個不行」、「那個不行」，被埋沒在大量名帖中的希爾和拉拉露可說是非常忙碌。

某天，艾倫收到了拉拉露首度送來的邀請函而前往參加茶會。而當她來到邀請函指定的場所時，卻發現那裡是王宮的談話室。

（原來貴族的茶會是這種感覺嗎……？）

艾倫本以為她們會在庭園裡談笑風生，結果室內只有拉拉露和希爾，讓她不禁嚇了一跳。

「奇怪……？」

她還想說女僕們會準備茶點過來，沒想到桌上卻放著成堆的小冊子。

發現茶點被機靈地放在那些書冊之間，艾倫內心困惑不已。

「艾倫，妳覺得這個人怎麼樣？」

最近，拉拉露會開始直呼艾倫的名字。

（不管到哪裡，大家都這麼叫我，感覺好神奇喔。）

對艾倫而言，這種叫法最為親切，所以她儘管驚訝卻不討厭。雖然她多少擔心旁人是否依舊把自己當成孩子，但沒有反抗。

「這個人……嗎？」

她歪頭看著拉拉露遞上來的小冊子，發現上頭畫著一名男士的肖像。

「哎呀，這個難道是……」

「是希爾的相親名帖喲。」

把人叫到茶會來，卻看著給希爾的名帖問：「這個人怎麼樣？」讓艾倫吃驚不已。

「是陛下要求從這些人當中選一個出來嗎……？」

聽到艾倫戰戰兢兢地詢問，希爾和拉拉露都愣住了。

「不是這樣啦！」

拉拉露笑著回答。聞言，對貴族懷著這種刻板印象的艾倫嚇了一跳。

「反正都收到名帖了，想說姑且看看吧。畢竟偶爾會出現很難回絕的人嘛。」

拉拉露輕描淡寫地喊著：「好困擾喔～」一旁的希爾也若無其事地翻開名帖，不過才剛翻開，又馬上扔到地板上。

而女僕們似乎已經習慣了。她們撿起地上的名帖，堆在推車上頭。那些名帖大概會被蓋上「否決」的戳印，然後退還回去吧。

「長相很重要嘛～」

「我倒是比較在意學歷喔。」

「哎呀，這位男士之前才因為劈腿而被質問耶，怎麼還有臉送名帖來呀？我丟。」

「這裡面沒有精靈魔法師嗎？」

「身為貴族又和妳年紀相仿的精靈魔法師？沒有這種人啦。就算有，也是得繼承家業的公子吧？那可不行。」

拉拉露和希爾三兩下功夫就分好類別，從通過篩選的名帖認真看起。

艾倫啞口無言地看著她們。

發覺艾倫被自己排除在外，拉拉露抬起頭來，朝艾倫嫣然一笑。

「艾倫，妳應該也收過很多相親名帖吧？」

「咦？」

「因為妳是英雄羅威爾的寶貝女兒呀，又是精靈界的公主，相親名帖一定多到數不清

吧？」

儘管拉拉露笑嘻嘻地這麼說，艾倫依舊搞不太懂。

「我沒聽說過有這種事。」

「咦？」

「說起來，對精靈來說，大家都像是兄弟姊妹的存在……」

「哎呀。」

雖然亞克曾對她說：「我們結婚吧。」艾倫卻一直以「出局！」拒絕他。

「如果是艾倫小姐的婚事，羅威爾先生想必不會默不吭聲。我反倒覺得王兄能平安無事很神奇呢。」

「啊……啊哈哈……」

（我不敢說他差點被爸爸殺掉……）

想起賈迪爾甦醒時的騷動，艾倫不禁遙望遠方。

「那個……腹黑……陛下有命令希爾公主要跟哪個特定對象結婚嗎……？」

艾倫差點習慣成性地脫口說出「腹黑」，隨後才急忙訂正成「陛下」。

聽到艾倫的問題，拉拉露和希爾先是愣了一會兒。拉拉露隨即握緊拳頭。

「我可不會允許這種事發生喔！」

「如妳所見，母親可是嚴正反對。」

感覺和奧莉珍有幾分神似，艾倫稍微鬆了口氣。

「我不知道其他國家是怎樣。不過我國存在著雙女神的制約，所以就算有基本的相親，也鼓勵交往一段時間，在兩情相悅的情況下結婚。因此這些只是『在那之前，先喝杯茶怎麼樣？』的申請書啦。」

「是喔！」

「你們精靈界是怎麼做的呢？雖說關係像家人，還是有結為連理的精靈吧？」

「啊……我曾聽說大精靈之間的求婚大多會演變成互毆。」

「呃……」

對於這意料之外的內容，不只希爾和拉拉露覺得驚訝，在牆邊待命的女僕和近衛們都定格不動了。

儘管察覺到所有人的目光一口氣射向自己，艾倫仍毫不在意地繼續說：

「聽說精靈的求婚方式會根據變成精靈前的種族有所不同……另外就是會唱歌、跳舞吧？」

當她歪頭思索著還有什麼方式時，拉拉露爽快地扔下手裡的名帖，興致勃勃地探出身子。

「哎呀，那麼那孩子是怎麼跟妳求婚的呢？」

「咦……？啊！」

說到「那孩子」，艾倫立刻察覺是在說賈迪爾，臉頰一口氣刷紅。見狀，希爾和拉拉露露出不懷好意的笑容。

「我不認為王兄贏得過羅威爾先生。他是怎麼求婚的？」

「哎呀，可是那孩子總是不見棺材不掉淚，所以我覺得他是趁羅威爾先生不注意，接近艾倫求婚的。」

兩人自顧自地擴大腦中的想像，艾倫卻已經招架不住。況且拉拉露的推理也不算錯，讓艾倫忍不住佩服起來。

「好了，真相到底如何呢？」

眼前的兩個人都探出身子追問。艾倫只能忸忸怩怩地頂著紅潤的臉說：「是祕密……」

「我不希望隨便說出來，讓賈迪爾對我失望……對不起。」

雖然賈迪爾應該不會因為這種事失望或生氣，但艾倫還是覺得這樣不太好。

無可奉告讓她感到有些愧疚。見她縮起肩膀這麼說，希爾和拉拉露都一臉感觸良多。

「怎麼會這麼堅貞……」

「王兄……這真是罪過……」

不知道為什麼，她們兩人都撫著頭。艾倫心慌地以為自己說了什麼奇怪的話，結果發現站在牆邊待命的女僕和近衛們的臉龐都微紅，身體也輕輕抖動。

（咦……？我說了什麼奇怪的話嗎？他們在笑我？）

艾倫心生不安，並不知道旁人純粹是隱忍著內心的難為情罷了。

拉拉露立刻挺直腰桿，「啪」的一聲打開扇子，然後放到嘴邊。見她稍微清了清喉嚨，周圍的人迅速端正站姿。

她笑著面對一臉不安的艾倫，這回改朝希爾拋出話題。

「希爾也會遇見這種人嗎？」

「誰知道呢？看到這些公子突然對我這麼獻殷勤，應該很難吧。」

希爾說著，用手指彈走桌上的名帖，接著拿起桌上的茶杯，優雅地喝紅茶。

「哎呀哎呀。」

拉拉露嘻嘻笑著，卻像是有什麼想法，雙眼閃著光輝。

「妳和圖書館那位公子處得如何呀？」

她這句爆炸性發言讓希爾的身體瞬間定格。

「希爾公主，妳有喜歡的人嗎？」

艾倫興奮地問道，同時感覺得到一旁的女僕和近衛們一瞬間的騷動。

只見希爾將茶杯輕輕放在嘴邊，怒瞪拉拉露。

「陛下很中意希爾。可以的話，希望對方可以入贅我們家喔～」

艾倫不懂拉拉露這句話的弦外之音，只是歪著頭。但希爾似乎聽懂了，耳朵慢慢地變紅。

「…………又不知道他什麼時候會回去。」

細問之下，才知道對方是過來這裡留學的人。因為常常造訪王室的圖書館，可以知道是位貴賓。

「哎呀，別放他走不就好了？」

「母親……我覺得人家對我們沒有什麼好印象喔。」

這句夾雜著嘆息的話語，聽得出希爾在某方面早已放棄。知道這是一場不會實現的戀情，艾倫實在按捺不住。

「對方對妳很冷淡嗎……？」

「他好歹也是個貴族，不至於如此。可是我看他跟叔父好像很好……」

「陛下的弟弟奧耶爾很會照顧人喔。」

「這樣啊。」

照理來說，艾倫也必須認識所有汀巴爾國王族，拉比西耶爾卻說沒有必要。倘若貿然引介雙方認識，說不定有人會希望雙方保持良好的交流。這是為了保護艾倫，絕不讓那些人靠近的方式。

艾倫姑且記住了王族的族譜，所以不用特別說明，也知道奧耶爾是拉比西耶爾的弟弟。不過拉拉露依舊會仔細為她說明，非常溫柔。

她原本認為不可以多嘴管閒事，所以始終保持旁觀，沒想到拉拉露卻湊到耳旁對她說悄悄話。

（對方是從海格納來的，是跟艾米爾交換的留學生，也就是那個國家的王弟喲。要是他回國會有生命危險，才會躲在這裡。）

艾倫一臉驚愕，忍不住和希爾對上眼。

「母親……」

「哎呀，討厭啦。不過艾倫也有知道的權利呀。」

拉拉露呵呵笑著，希爾只能嘆氣。

互為海格納和汀巴爾王族的雙方，難保不會因為彼此的紛爭而衍生出亂源。不過要是能跨越這些問題，豈不是美事一樁？

對艾倫來說，與海格納的對立仍記憶猶新。但他們應該也已經找到一條新的道路。

（畢竟有艾雷在嘛……）

發生那件事後不久，海格納的信仰就慢慢從黑貓精靈羅雷，轉變為純粹的精靈信仰。

「可是我覺得希爾必須有所行動喲。」

「咦……？」

拉拉露輕描淡寫地拿出一份名帖，名帖中的人是海格納的國王杜蘭。

「咦咦咦咦咦～～！」

這件事實在太過震撼，艾倫忍不住大叫。

「這是……」

「這很難拒絕喲。不過妳已經成為精靈魔法師，想要任性也行得通就是了。」

拉拉露「啪」的一聲闔起扇子，拋了個媚眼。見狀，希爾皺起眉頭，沉默不語。

同為王族的婚姻會優於其他對象。如果希爾沒有成為精靈魔法師，肯定二話不說就開始籌備了。

她現在面臨抉擇，無論是要拒絕，還是要實現戀情，都只能趁現在。

她盯著攤開放在桌上的名帖，從裙襬中取出某樣物品，然後對著杜蘭的名帖刺下去。

「呀！」

伴隨著衝擊力道，艾倫忍不住跳了起來。她流著冷汗僵在原地，不知道發生了什麼事。定睛一看，才發現杜蘭的名帖上插了根針。

艾倫頓時臉色發青。但希爾並未理會，迅速起身。

「失陪。」

希爾就這麼跨步走出談話室。艾倫一愣一愣地目送她，拉拉露則是感到有趣地笑著。

周遭的人好像也都習慣了，並未對希爾的暴行有任何反應。

「艾倫，我們跟過去吧！」

「咦？咦！」

由希爾領頭，一批人就這樣前往王室圖書館。

艾倫在那裡看到一名和奧耶爾說話的男性，總算恍然大悟。

見到希爾身後跟著拉拉露，甚至還有時下備受討論的艾倫，在圖書館的人們都開始騷動，不知道發生了什麼事。

「克拉赫王子，可以打擾一下嗎？」

「咦？啊，好……？」

一旁的奧耶爾一臉不解。只見希爾深呼吸一口氣，直接開口：

「請你跟我訂婚。」

克拉赫聽了瞪大眼睛，手裡的書就這麼掉落。

*

想起她跟希爾之間的對話，艾倫忍不住呵呵笑著。

「妳不願意告訴我嗎？」

被排除在外的賈迪爾有些不是滋味地鬧彆扭。

「我想希爾公主的事已經一傳十、十傳百嘍。」

「咦？有這種事嗎……？」

賈迪爾扭頭思索。而回想起當時場面的艾倫則沉浸在感動之中。

「現在回想起來，我還是覺得很心動。」

她把手放在胸前，陶醉地說。希爾充滿男子氣概的行動已成傳說，她的行動力非常不得了。

大家都說強勢公主再臨了。然而艾倫並不知道所謂的「強勢公主」，指的正是她的祖母伊莎貝拉。

「妳對我就不會心動？」

「哇啊！」

坐在身旁的賈迪爾把肩膀靠過來，讓她嚇了一跳。她反射性地看向賈迪爾，發現他的臉近在咫尺，嚇得肩膀一抖。

賈迪爾歪著頭，發出「嗯？」的聲音。艾倫覺得自己實在贏不過他。

「……會。」

艾倫漲紅著臉回答，聞言，賈迪爾幸福地笑了。

「艾倫，謝謝妳。」

「呣唔唔！」

感覺好像反被將了一軍。但艾倫依舊覺得很幸福。

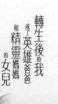

第七十三話　掌管的力量與世界的聯繫

被奧莉珍傳喚後的隔天，艾倫和賈迪爾一起來到水鏡之間。

羅威爾、奧莉珍、亞克、里希特，還有凡已經在那裡等待。羅威爾和奧莉珍分別抱著一個雙胞胎。艾倫知道他們是來送行的，笑著走過去。

「大家早！維爾克、莎提雅！」

「姊接！嗚！」

「姊～！」

艾倫親吻雙胞胎後，這對弟妹開心地嬉笑。

「你們是來為我們送行的嗎？」

「嗚！啊！」

「嗚——呀！」

他們似乎不太懂艾倫說了什麼，但還是看著艾倫直點頭。艾倫覺得弟妹的這副模樣實在是可愛到不行，表情忍不住融化。

哥哥維爾克掌管「誠實」，妹妹莎提雅掌管「正直」。他們的力量似乎和雙女神有關，奧莉珍聽了也很驚訝。

距離弟妹出生後已經過了十個月，維爾克和莎提雅的成長速度跟人類嬰兒一樣。而他們值得紀念的第一句話是：「姊～」

艾倫歡喜無比。一旁的奧莉珍則是不甘心地說：「討～厭！接下來是我喲～！」然後拚命想讓雙胞胎叫「媽媽」。而羅威爾也跟奧莉珍一起死命推銷自己。

接著獲勝的當然是奧莉珍。羅威爾到現在都還沒聽到雙胞胎叫自己「爸爸」。

眼下雙胞胎可以抓著東西站立，雖然腳步還不是很穩，卻已經會走了。

維爾克學講話很快；莎提雅則是有時會散發魔法的氣息。

奧莉珍等人認為莎提雅的力量會比較早覺醒，然而要是像艾倫那時引發大騷動就不好了，因而去找洞悉一切的沃爾商量。沃爾卻什麼都沒說，只笑著說了一句：「是祕密喲！」

「等發生事情就來不及了啊……」

「好啦，雙胞胎的成長令人期待是事實，我們就先在一旁守望著吧？」

儘管羅威爾面有難色地點頭同意奧莉珍這句話，艾倫卻默默察覺到——

（大概是跟爸爸有關吧……）

雙女神覺得羅威爾很有趣，也會只因為這樣就付諸行動。毫無疑問的，她們就是在捉弄羅威爾。

艾倫是女神，因為制約而無法干涉，也聽說沃爾無法洞悉她。不過雙胞胎似乎和艾倫的

層級不同。由此可知，沃爾是故意不說的。

（媽媽說沃爾姊姊在笑，所以應該是沒事啦……）

雙胞胎根本不知道旁人如此擔心，最愛艾倫的他們總是黏著艾倫不放。

不管走到哪裡，他們都跟得緊緊的，實在是可愛得不得了。他們平常總會順勢開始玩耍，今天奧莉珍卻看準時機制止了。

「真抱歉，要你們一大早過來。今天請你們參觀亞克他們的工作吧。」

「好！」

「請多指教。」

賈迪爾彬彬有禮地低頭致意，里希特卻擺了張臭臉，沒有回應。艾倫知道他身為一個精靈，面對被詛咒的汀巴爾王族，心情一定很複雜，但還是憂心地叫了聲：「里希特哥哥？」

「嗯？什麼事，艾倫？」

一聽到艾倫的聲音，里希特瞬間換上笑容。這下艾倫明白他只是不歡迎賈迪爾，嘆了一口氣。

「別人打招呼後要好好回答！」

艾倫伸出食指指著里希特說道。雙胞胎出生後，艾倫就展現出姊姊的風範，告誡里希特，這樣對雙胞胎是不良示範。

被艾倫罵了之後，里希特畏縮地垂落肩頭，對賈迪爾道歉。

「嗚……對不起啦。今天請多指教了。」

「哪裡。今天能和您一起行動是我的榮幸。」

賈迪爾恭敬地回答，讓里希特感到有些尷尬。

「唔唔唔唔……」

此時亞克發出低吟。每個人都看向亞克，發現他帶著不悅的面容怒瞪賈迪爾。

只不過亞克態度慵懶，實在讓人緊張不起來。

「你和……艾倫結婚，狡……猾！」

亞克一看到賈迪爾便直接和他槓上。而賈迪爾大概也習慣了，直言不諱：

「是啊，我也覺得艾倫能牽起我的手就像一場夢，好開心。」

他這麼說著，冷不防抓起艾倫的手，開心地笑了。

「唔唔嗚嗚嗚嗚！」

見亞克就快哭了，奧莉珍笑著說：「哎呀呀。」

「這幅光景感覺好像在哪裡看過耶～」

「如果是平常，都是我負責擊退亞克的……」

過去負責擊退亞克的人都是羅威爾。現在被賈迪爾取而代之，讓他不甘地咬著牙，同時也覺得有些寂寥。

「姊姊們都說羅威爾和小少爺一模一樣，看來是真的耶。」

「啥！」

這句話羅威爾可不能當成沒聽見，然而正想據理力爭之際，抱在懷裡的莎提雅突然大叫：「噗嗚嗚嗚！」近在耳邊的叫喊似乎讓她覺得很吵。

「啊啊啊，抱歉抱歉。」

莎提雅對羅威爾的下顎祭出一記掌擊，那隻小小的手意外地有力氣。羅威爾直接被擊倒，發出「唔呃」一聲。見狀，奧莉珍不斷偷笑。

回過神來，他們才發現亞克躲在里希特身後，以泛著淚光的雙眼怒瞪賈迪爾。被夾在中間的里希特則是滿臉為難。

「凡，今天可以載著賈迪爾一起走嗎？」

「嗚……遵命。」

凡瞥了賈迪爾一眼，表現得有些厭惡。但既然是艾倫開口拜託的，他便無法拒絕，只得心不甘情不願地獸化。

（嗯～……雖然很正常，但這點果然根深蒂固……）

之所以被詛咒，純屬祖先的作為所致，賈迪爾本身並沒有錯，然而光憑這件事實在莫可奈何。畢竟精靈懷抱對人類的憤怒已經長達兩百年的歲月了。

亞克甚至被人類囚禁。三百年來，他的力量持續被人剝奪。看在里希特這個弟弟眼裡，想必不存在原諒賈迪爾這個人類的溫柔選項。

憎恨汀巴爾王族的精靈，不只是犧牲後化為詛咒的精靈。

精靈也有可稱作親人的家族，彼此間的聯繫非常龐大，全是奧莉珍的分支旁系。精靈都是彼此的兄弟姊妹，因此憎恨的強度也非比尋常。

艾倫同樣曾聽奧莉珍說過，以前羅威爾剛來精靈界時，也是因為身為汀巴爾的貴族而招致精靈們嚴重排斥。既然賈迪爾是當事人的子孫，受到的對待便會更加尖銳。

（對生命悠久的精靈來說，就像昨天才發生過……我自己也曾這麼說。可是……）

「凡大人，非常謝謝您。我的力量尚有不足，承蒙您幫忙。」

賈迪爾對精靈總是以禮相待。如果他跟以前的汀巴爾王族一樣只把精靈當成道具，凡他們也不至於這麼為難了吧。

賈迪爾打從心底崇拜、尊敬精靈。正因為詛咒這道枷鎖被淨化，他真摯的心意得以正面傳遞出去，精靈們也就更不知所措，不曉得該如何應付。

『呃……嗯……』

凡冷漠地別過臉，尾巴卻微微拍打著地板，顯得很開心。艾倫敏銳地發現這點，因此帶著滿臉笑容看向賈迪爾。賈迪爾也感到很吃驚，兩人不禁相視而笑。

（不過一步一步慢慢來就好了。希望他們能逐漸親近彼此。）

看到兩人感情這麼好，里希特基於不同的意義覺得很不是滋味。但艾倫他們並沒有發現。

「今天要去哪裡？」

艾倫興奮地詢問里希特。他這才回過神來，伴隨「呃……」的話音，轉頭俯瞰躲在自己身後的亞克。

「大哥，今天要去哪裡？」

「嗚～～……水……中？」

「咦？」

艾倫嚇了一跳，忍不住開口問：

「我們要去水中嗎！」

以前艾倫曾聽奧莉珍說過，她去見住在海中的精靈時，把海洋分成了兩半。

為了一睹那樣的光景，她們先通知海之精靈要過去一趟。然而就在她們即將出發之際，海之精靈們竟直接來到精靈城詢問有什麼要事，說他們不敢勞煩女王親自前往。這件事也就不了了之。

艾倫沒想到現在能實現多年的心願，無比興奮。亞克和里希特卻不懂艾倫在興奮什麼。

（奇怪？感覺溫差好大……？）

艾倫跟著他們不解歪頭，見狀，里希特不禁覺得好笑。

「艾倫，我猜大哥不是要去水中，而是想表示扭曲的魔素在水裡喔。」

「啊……」

只要抵達指定地點附近，亞克就能在某種程度上自由操縱魔素。之所以要里希特跟去擔任輔佐，是怕亞克不顧地點倒頭就睡，放棄工作，因此算是監視。

見艾倫一臉失落，里希特問：「妳想去水中嗎？」

「以前媽媽說過，她去見水中的精靈時，把海洋分成兩半……」

「把海洋分成兩半！」

里希特和亞克都是頭一次聽說這種事，顯得非常驚訝。賈迪爾則莫名佩服地說：「真不愧是精靈女王……」

他大概是認為只要奧莉珍介入，發生什麼事都不稀奇吧。

在一旁默默看著的奧莉珍聽見這段對話，懷念地說：

「哎呀～～的確是有過這件事。」

「真懷念啊。我記得先告知之後，反而是對方跑到精靈界來了吧？」

「結果沒去成呢。下次我們大家一起造訪一趟吧。」

「真的嗎！」

艾倫興致勃勃地睜著閃亮的雙眼，讓周圍所有人都不禁莞爾，伸手想撫摸艾倫的頭。結果有三隻手就這樣擠在艾倫的頭頂上方。

她的頭頂上冒出了爭奪的火花。奧莉珍在遠處笑著說：「哎呀哎呀。」羅威爾則是氣得牙癢癢。

「夠了！你們幾個！給我離艾倫……呃噗！」

「呀啊啊！」

羅威爾的下巴受到莎提雅正面掌擊，整個身體往後仰。

「哎呀哎呀，莎提雅，對不起喔，爸爸他好吵。來媽媽這邊吧。」

聞言，莎提雅從羅威爾懷裡輕輕飄起，來到奧莉珍身邊。

「真不愧是我的奧莉！你們幾個～～！」

羅威爾迅速奪走艾倫，隨即靈巧地摸著艾倫的頭，同時不停地踢著其餘三人。

艾倫頓時兩眼無神，瞬間轉移到凡那裡。

「凡～」

見艾倫跳到渾身毛茸茸的凡身上磨蹭，羅威爾等四人都愣在原地。

看到自己被艾倫選上，凡用力地甩動尾巴拍地，一臉得意地看著他們。

「好了，你們幾個，到此為止嘍。艾倫，我們下次再去海邊吧。」

「好！」

把身體埋在凡毛裡的艾倫跳下來，認真地做出敬禮動作。

「大哥，你可以把我們傳送到目的地嗎？」

「嗯。」

亞克點了點頭。艾倫則是坐上凡的背。

「賈迪爾，來這邊，這邊。」

艾倫對賈迪爾招手，要他坐在自己身後。

「噢……凡大人，恕我冒犯了。」

賈迪爾戰戰兢兢地坐到艾倫身後。看到艾倫守著賈迪爾和自己同乘，羅威爾心中的焦躁來到最高點。

「我還是要一起去！」

羅威爾隨即命令賈迪爾走開。艾倫卻以冰冷的眼神盯著他。

「把顧小孩的工作推給媽媽一個人的爸爸……」

「艾倫，慢著！還有很多乳母和女僕啊！」

「不幫媽媽顧小孩的爸爸……」

「我有幫！然後今天是幫妳啊！」

「我最討厭了。」

「噫！」

真不知道他剛才說要幫忙艾倫的氣勢上哪兒去了？膝蓋與雙手投地的羅威爾顯得非常失落沮喪，卻仍不死心地立刻抬頭，也想跟上去。

「算了，亞克！你也把我傳送……咦？」

才剛要踏出一步，羅威爾便馬上重心不穩，覺得有東西纏著自己的腳，因此低頭看去。

只見雙胞胎一個人抓著一隻腳，死都不放手。

「呀！」

「噗噗！」

「啥！」

羅威爾原以為是奧莉珍對雙胞胎使用轉移，正想警告她這太危險……卻看到奧莉珍一臉驚愕，這才察覺事態不對。

「哎呀，討厭啦。你們是不想讓羅威爾走，所以學會轉移了嗎——！」

這兩個孩子是天才嗎？奧莉珍開心地發出興奮的聲音。艾倫等人也嚇了一跳，直誇：「好厲害！」

「呀呀！」

「噗噗！」

雙胞胎蹙眉瞪著羅威爾，好像在抱怨什麼。羅威爾告訴雙胞胎：「這樣是很可愛沒錯啦，可是很危險喔。」並把他們送回奧莉珍身邊，隨即又想前往艾倫身邊，卻停下了腳步。

「親愛的，你放棄吧。」

「唔唔唔唔……！」

雙胞胎用轉移巴著羅威爾的腳，始終不肯放手。要是硬把他們拉開，莎提雅就會開始大哭。

「啊——————！」

「哎呀哎呀，莎提雅，爸爸好壞喔～」

「等等！不要說得好像我很過分！」

「噗噗！」

維爾克也皺起眉頭，瞪著羅威爾。被和自己長得一模一樣的男性瞪，似乎會讓人不知如何是好，羅威爾都慌了。

『好了，趁現在快走吧。』

奧莉珍傳送念話給其他人，揮手催促他們出發。艾倫等人於是看了彼此一眼，點了點頭。

「我們走了！」

「好，慢走喔。路上小心喲～」

「姊接，拜！」

「拜！」

原本還在哭泣的莎提雅突然轉為笑容，和維爾克一起揮手道別。看來他們不是因為想跟著才鬧脾氣，而是企圖阻撓羅威爾。

「這兩個孩子怎麼這麼乖……！」

「啊啊啊！艾倫～～！」

羅威爾急忙回過頭，但那裡已經空無一人了。

「唔嗚嗚嗚……」

奧莉珍來到失落的羅威爾身邊，把維爾克抱了過去。

「看來這兩個孩子很喜歡艾倫呢。」

「嗚～！」

「嗚嗚！」

彷彿聽得懂奧莉珍在說些什麼，他們不斷點頭。重新抱住莎提雅的羅威爾忍不住鬧起彆扭。

「我也很喜歡啊！」

「哎呀，討厭啦。你要跟這兩個孩子爭嗎？看來你也還沒長大呢。」

「嗚唔唔！」

不斷被人數落的羅威爾不禁垂頭喪氣。這時候有個人拍了拍羅威爾的頭，試圖安撫他。

「嗯？」

「哎呀，討厭……好可愛！」

奧莉珍懷裡的維爾克摸著羅威爾的頭安撫他，莎提雅看了也想有樣學樣，拚命伸出小手。

「莎提雅，妳來這邊，這邊比較容易摸到喲～」

奧莉珍讓雙胞胎浮在空中，得心應手地調整位置，好讓他們更容易觸及羅威爾的頭。

「嗚～！呀呀！」

「嗚～」

「…………」

羅威爾默默探出自己的頭，讓雙胞胎摸到滿意為止。

「唔嗚……太可愛了……」

「呵呵呵，就是說呀～」

才剛深受感動並獲得療癒的羅威爾抬起頭，正好和維爾克四目相交。

「呵。」

「！」

看到維爾克嗤之以鼻的模樣，羅威爾大受打擊。因為維爾克就像是在說：「真好搞定……」

「這兩個孩子真的跟你一模一樣耶～」

「哪裡像啊？」

羅威爾欲哭無淚地抗議。但比起羅威爾，奧莉珍更看重才十個月大的孩子學會轉移，因此歡欣鼓舞。

「太想留住羅威爾，結果就學會轉移了！我們的孩子們真的是天才耶！」

「嗚嗚嗚……為什麼啊！為什麼孩子們一個個都把我給擊潰了！」

艾倫那時也好，現在雙胞胎也是，看到孩子們都因為自己而學會轉移，羅威爾心中真是五味雜陳。

＊

亞克轉移抵達的地方，是個荒山野嶺的正上方。

由於現在還是清晨，陽光從側邊照射過來，讓人覺得加倍刺眼。不過比起刺眼，寒冷更讓人受不了。

「嗚嗚～～！好冷……！」

艾倫沒想到會這麼冷，身體不停顫抖。里希特急忙升高周遭的溫度。

「這樣可以嗎？」

「里希特哥哥，謝謝你！」

只要光之大精靈出馬，就能自由自在調節地上的溫度。他表示現在只是做了些小動作，暫時將每個人周圍變暖罷了。

「其實我也可以把這一帶整個變暖，可是人界就會馬上因此受到影響了。」

「真不愧是里希特哥哥！」

受到艾倫誇獎，里希特喜形於色，緊接著對她說：「還有什麼傷腦筋的事要馬上說喔。」

里希特也確實地調節了賈迪爾身邊的溫度，賈迪爾於是開口道謝。結果里希特似乎有些難為情，一句話也沒說，只是聳了聳肩代表聽見了。

「不過這個……給周遭帶來的影響，還是一樣明顯耶。」

艾倫看著地表，沉痛地說著。里希特也點頭。

「原因是魔素吧。問題的源頭應該在這一帶的某個地方，大哥已經說是在水裡了。」

所有人都飄浮在空中，看著腳下的山。乍看之下，這是一座被已經沒了葉子的枯木和滿山落葉覆蓋的山地。放眼望去，並未發現哪裡有水。

而往遠處看去，離這座已然枯竭的黑褐色高山越遠的地方，就變得越是綠意盎然。

連著陸地的其他山頭也都是青翠的山林。換句話說，這裡原本明明是青翠的山，異象卻以某個地方為圓心擴散，造就這座黑褐色的山，是以一看就知道這裡不正常。

「我還以為褐色是土壤的顏色，結果是枯葉的顏色嗎……？」

話是這麼說，但看起來也不像發生過森林大火。那些葉子掉光的樹木就像冬天的樹木一樣，仍保留著樹枝。

倘若發生森林大火，較細的樹枝就會被燒斷，留下被燒黑的樹幹。況且地上沒有灰燼，也沒有焦炭的氣味。

「這是……」

賈迪爾也看著腳下，震驚不已。

「嗯～～？」

亞克歪著頭，環視周遭，尋找起因何在。但看他那副不解的模樣，說不定不在這附近。

「總之我們先從上空找水吧？」

「就這麼辦。那我去看正好在變色的外緣。艾倫就以這裡為中心，在四周找找。大哥的話……他應該會隨興調查，就別管他了吧。」

里希特對待亞克的方式雖然隨便，不過平常都是這樣一路調查過來的吧。雖說是來參觀的，但里希特早就看穿艾倫不會安分待在原地，所以允許她稍微幫點忙。

「我知道了！」

「嗯。」

他們分成亞克、里希特，以及艾倫、凡、賈迪爾三組，分頭探索周遭。艾倫和賈迪爾坐在凡的背上，艾倫負責留意右側，賈迪爾則負責左側。

「範圍比想像中還要大耶……」

「既然顏色跟其他山頭不一樣，中心地便是最可疑的地方，可是都沒看到水耶。」

他們稍微靠近地面飛行，發現枯木的樹枝都筆直指著天際。本以為樹幹也已經枯死，可是看起來跟冬天的樹木沒什麼兩樣。

「感覺好像只有這個地方突然變成冬天……」

「咦？」

聽到賈迪爾這麼說，艾倫忍不住回頭。突然被她這麼盯著看，賈迪爾不解地側著頭。

「突然變成冬天……你為什麼會這麼想？」

「噢，其實我以前去視察過北方，是在入冬之前，趁還沒下雪趕過去的，結果天氣剛好突然變冷。」

「嗯。」

「我剛到的時候，樹葉還很翠綠茂密，卻在我滯留在那裡的短短三天期間內全數凋零。」

「什麼！還會這樣嗎？」

「聽說在我過去的前不久也有幾天突然降溫。一旦碰到這種情況，樹葉好像就會一口氣凋零。妳看地面……」

賈迪爾撿起腳邊的樹葉。只見那片樹葉並非正常乾枯的褐色，而是像生病一樣的黑色葉子。

「他們告訴我，如果碰到冷害，葉子不只會枯死，還會像這樣變黑。」

「變黑的葉子……」

賈迪爾手上的葉子有著乾枯的淺褐色，但幾乎都已經變黑了。

艾倫的腦海裡有一段會因為「黑」而聯想到的記憶——那就是籠罩在艾米爾身邊的詛咒，染成一片漆黑的模樣。

每當她想起被悲傷束縛，哭喊著求救的精靈們的聲音，總是泫然欲泣。

她忍不住把這片被染黑的樹葉聯想成悲傷的色彩。

「艾倫？」

「啊，對不起。沒什麼。」

賈迪爾憂心地呼喊艾倫，令她感到有些愧疚。趕在遭記憶囚禁、思緒高飛之前，她改而尋找水源，轉移注意力。

「找了這麼久都找不到水耶。連一條河都沒看到……」

「關於這一點啊……」

「怎麼了？」

賈迪爾含糊其詞。他拜託凡幫忙，想確認一件事。

「凡大人，不好意思，能請您再靠近下面一點嗎？」

『行啊。』

凡說完，動作如行雲流水般地降低高度。賈迪爾運用浮游術，從凡的背上輕輕落地。

雖說賈迪爾已經學會浮游，卻尚不能飛往高處，還是需要艾倫或凡這樣幫助他。

「啊，我也去！」

『公主殿下，萬萬不可！』

「咦？為什麼？」

『那些黑色說不定都是受到扭曲魔素影響。吾不能讓您留下任何不好的影響。』

被詛咒的魔素會把手伸向艾倫。在無人島調查時，失控的魔力也對力量有所反應。

凡說服艾倫，對詛咒有抵抗力的賈迪爾現在反倒比較安全。

「要是腳滑摔倒就不好了，我會保持飄浮調查，妳不用擔心。況且王室的詛咒也對我沒反應，不是嗎？」

「……我知道了。我就在旁邊，你也要小心喔。」

艾倫說完，賈迪爾微笑回答：「好。」

「凡，對不起喔。謝謝你！」

『哪裡……希望那個小鬼也平安無事就好了……』

賈迪爾降落到緊貼底表的高度，一一拿起地上的落葉仔細端詳。有時還會撥開落葉，好像在找什麼。

艾倫和賈迪爾的婚約公開後，精靈們的批判非常強烈，所以他們現在正不屈不撓地帶著伴手禮，前往各個地方解釋，並獲得大家的諒解。

而凡是艾倫的護衛，一直陪在她身旁，看著他們努力的樣子。或許正因為這樣，他最近偶爾也會開始擔心賈迪爾了。

艾倫看了，開心地放鬆臉部肌肉。

「嘿嘿嘿……你會替賈迪爾擔心，我好高興喔。」

『您、您說什麼？』

「凡，謝謝你。」

『……不敢當。』

凡大概是覺得害羞而別過臉。艾倫就這麼撫摸凡的後頸，這身蓬鬆的毛髮是他的堅持，這份觸感從小到大一直沒變過。

（我和賈迪爾訂婚之後，覺得好像和凱有點隔閡……我本來很傷心，覺得和凡之間是不是也會那樣……）

可是凡始終如一，總是陪在艾倫身邊。他既是青梅竹馬、摯友，也是宛如哥哥般的存在，是艾倫懷抱親愛之情的對象。

這麼說起來，她想起自己曾經聽過大人們很久以前談及要讓凡和她訂婚。聽到這件事時，她還一度懷疑自己聽錯。敏特感嘆自己不斷遭到拒絕，也讓艾倫有些驚訝。

（據說是爸爸一一拒絕了所有婚事……）

艾倫回想著這些令人懷念的事，同時望向賈迪爾，手也不忘繼續撫摸凡。

雙女神說，如果艾倫不察覺自己的心意並產生改變，身體就不可能成長。遭人點醒的她總算產生自覺，這段感情才終於開花。

她在湧現自覺的同時努力改變，並一步一步縮短和賈迪爾的距離。過程中她回過神來，發現周圍的人都與她保持距離。令她感到不解。

（感覺就像交了男女朋友或結婚後跟朋友疏遠，很難再一起出去玩一樣……）

儘管心裡會感到寂寞，但如果朋友過得幸福，便是最值得慶賀的事了。她從前一直是目送別人走向幸福並道賀的人，現在換成自己站在這一邊，這才發現——

（說不定是雙方都在避開彼此吧……）

賈迪爾拿起掉在地上的枯枝，撥著地上大量的落葉，發出「沙沙」聲響。

心不在焉的艾倫呆愣在原地，來回撫摸凡的脖子的毛。凡總覺得她的模樣不太對勁，忐忑不已地看著兩人。

「找到了！」

賈迪爾開心地大叫。聽到他的聲音，艾倫這才回過神來。

「怎麼了嗎？」

「艾倫，妳可以通知里希特大人他們嗎？」

「好！」

艾倫一用念話傳達：「賈迪爾發現某樣東西了。」他們便立刻轉移現身。賈迪爾看到他們，首先行了個禮致意。

「聽說你發現東西了？」

「對，藏在大量的枯葉下面。」

飄浮著的賈迪爾揮動手裡拿著的樹枝，緩緩地掃開葉子。艾倫不解地歪頭，覺得葉子跟剛才不同，顯得有點重量，才發現葉子下方竟出現了被染黑的泉水。

「原來是被埋在落葉裡啊！」

「因為這裡明明空曠，沒有任何樹木，卻有許多落葉，我才猜想可能是這裡。」

「賈迪爾，你好厲害！」

「呵呵，謝謝妳。」

賈迪爾保持飄浮狀態，輕輕移動到艾倫身邊，與她四目相交。接著艾倫伸出手掌，兩人就這麼輕輕擊掌。

里希特有些不是滋味地看著他們興奮的模樣，卻仍立刻跟亞克確認：

「大哥，是這裡嗎？」

「唔～～嗯？」

里希特默默看著亞克的反應，暗忖或許不是這裡。直盯著泉水的亞克卻點頭說：「嗯，就是……這裡。」

聽到這個回答，艾倫和賈迪爾同時吐出安心的氣息。

「我好緊張。太好了，賈迪爾！」

「是啊，運氣真好。」

接下來就是亞克的工作了。里希特等人升上高空避難。而賈迪爾還沒有辦法飛到太高的地方，所以再度坐在凡的背上。

「不過亞克哥哥感覺跟平常不一樣，好像不太乾脆耶？」

看到亞克歪頭苦思的模樣，艾倫總覺得很介意。

「噢，應該是因為扭曲的規模很小吧。」

「扭曲……很小？」

「其實如果只是發生有點奇怪的現象，我和大哥不會前往現場。要行動的時候都是扭曲太大，導致精靈界無法控制，或是地點太遠，大哥的力量控制不到。」

亞克多年來都被學院監禁，力量不斷被剝奪。現在身體好不容易恢復，大概從兩年前開始，就一點一點地解放淤積在人界的魔素。

起初，他總是馬上便覺得累，然後倒頭大睡，就這麼好幾天下落不明。所以現在才會像這樣，由里希特從旁輔佐。

對精靈來說只是短短的三百年，但魔素這麼長一段時間都沒能獲得循環，淤積在世界各處，導致亞克無法控制，每百年就會引發一次魔物風暴。

亞克和里希特已經從範圍較大的淤積開始逐一解放，最近數量終於變少，只剩這種小型的扭曲比較多——里希特這麼解釋。

「那我們上次一起去調查的那個算大還是算小？」

「那次是從精靈界無法控制，因此才會跑去現場，結果還是無法控制。」

「是喔？」

「這次是因為媽媽希望讓你們來參觀，才叫我們挑個小的也好。我問了大哥，他說大概在這一帶，所以就來了。」

「這……真是謝謝您。」

得知他們是特地帶自己過來這個地方的，賈迪爾滿懷感激地道謝。見狀，里希特不禁抓了抓頭。

「嗯～……真是不好對付。」

「咦？」

「沒事。自言自語罷了。」

里希特苦笑著表示沒什麼。此時浮游到泉水中央的亞克腳底出現一道耀眼的魔法陣，光芒隨即充滿整個泉水。面對這樣的光景，每個人都不再說話，而是靜靜地守著事態發展。

光芒從覆蓋著大地的枯葉間流竄而出，這幅景象就像光芒從雲朵間隙射下來的風景一樣。

「好漂亮……」

巨大的魔法陣大小如同泉水的範圍，逐漸溶解累積在裡頭的魔素。

「啊！」

小小的黑色粒子漸漸從湧泉當中冒出，然後升向天際。這幅景象就像在學院見到的紅色粒子，讓艾倫忍不住叫出聲音。

悲傷的記憶並沒有消失。不過那起事件後也過了些歲月，她總算可以平靜看待。

看著升上天際的魔素，艾倫發現了一件怪事。

「那些魔素還是黑色的，就這樣讓它們升上天際嗎？」

「嗯，對啊。」

「呃……不會把它們弄乾淨……」

「乾淨？噢，大哥不會像妳那樣淨化魔素喔。」

「咦……」

（可是這都是汙濁的魔素吧……？）

艾倫的疑問都寫在臉上。里希特笑著解釋：

「大哥可以化解、移動魔素，可是淨化是不一樣的力量。那是妳的力量吧？」

「啊，那我去幫忙……」

「這點程度還不用。它們升上天際後就會自然而然分散，等變乾淨了之後再回到地表。」

「會被天空淨化嗎？」

「雖然不會完全淨化就是了。確實會花上一段歲月，但仍會自然淨化到某個程度。」

經里希特這麼一說，艾倫才想起，聽說死後升向天際的魔素會暫時飄浮在空中。尤其是成了精靈魔法師之人的靈魂，他們因為和精靈連結在一起，色彩變得比較濃烈，會耗費一點時間才重回地表。

（對了，媽媽也說她在找律爾先生的靈魂時，是以羅雷的力量為標的尋找。）

雖說有淨化功能，但艾倫的淨化之力是為了在真正危急時使用的。

（可是都難得出來，如果能幫點忙就好了……）

艾倫因為這次沒幫上半點忙而沮喪。見狀，里希特笑著摸了摸她的頭。

「結……束了。」

「大哥，辛苦了。」

「艾倫，嗯、嗯。」

見亞克張開雙手，示意想要艾倫慰勞他，面露苦笑的她便轉移到他面前，緊緊抱住他。

「呵呵，好……高興。」

亞克抱著艾倫，幸福地飄浮在泉水上方，不斷轉圈。

艾倫腳邊的泉水並未受到淨化，所以跟剛看到時一樣混濁。

「淨化……」

賈迪爾喃喃低語，聲音在周圍迴盪著。

「賈迪爾？」

「抱歉，我可以試試看我的力量嗎？」

「咦？」

「據說我的力量跟艾倫一樣掌管淨化，可是實在找不到可以練習的時機，很傷腦筋。」

賈迪爾聽說精靈的力量是為了世界，也親自這麼對汀巴爾的王族解釋了，但他實在很不安，害怕自己一旦臨陣，或許根本不會使用。聽到賈迪爾說出自己的想法，艾倫的表情瞬間亮了起來。

「我也想練習！」

「妳願意幫我嗎？」

「嗯！」

「啊，你們等等……！」

艾倫並未理會里希特的制止，牽著賈迪爾的手直接飛往泉水中央。面對面的他們握著彼此的手，額頭相抵，閉起雙眼，一道巨大的魔法陣隨即以他們為中心出現在腳下。

與剛才亞克不同，光芒是從他們兩人身上湧出的。況且不只腳邊的泉水，周圍的樹木乃至山稜所到之處，都有發光的粒子往天上攀升。

「我是有聽說他掌管淨化……但這個……」

里希特失神地低語。他忽然發現兩人能力的差異，因而瞇起雙眼。

「艾倫確實正在消除汙穢，受詛咒的後裔卻是在祈禱……？」

面對他們淨化的方式，里希特等人完全被震懾。只見原本已經枯死的整座山都被包覆在光芒之中。等到光芒消散，眼前只剩下澄澈的泉水，以及枯木。

變成黑色的枯葉和泉水就像一場幻影，全數消失無蹤。

『竟能如此……』

「…………」

凡發出訝異的聲音，感想跟里希特的心聲完全重合。

倘若植物精靈在現場，一定會發現他們還賦予了淨化以外的效果。

受到汙濁魔素的影響而沉澱在下方的黑色濁泥完全消失。他們甚至還分解剩下的枯葉，將土壤變成品質良好的腐葉土。

四周就像季節轉換成春天前那樣，充滿澄澈的空氣。這麼一來，明年這裡就會恢復成原本綠意盎然的山林吧。

「被魔素汙染的地區要恢復原狀，再快也要花上好幾年耶……」

里希特夾雜著嘆息說著，但艾倫和賈迪爾並沒有注意到。

他們睜開眼睛，發現周圍的模樣已經和剛才截然不同，不禁大聲歡呼。

「成功了！」

「艾倫，我們成功了！」

「耶！都是賈迪爾的功勞！」

看到兩人興奮大叫的模樣，在談論婚約或結婚前更會覺得他們還是孩子，因而湧現一股保護慾。

不只里希特如此，凡也一樣，比起護衛的職責，他有更多無法放著他們不管的想法。

「傷腦筋啊……看到他們這樣……」

里希特發出思索的聲音，一臉煩惱。但艾倫他們笑著跑來了，他也就張開雙手迎接。

「真不愧是艾倫！」

「謝謝哥哥！」

賈迪爾看著他們互相擁抱，再度低頭致謝。

「謝謝您同意讓我任性。這是個很好的經驗。」

「……啊，嗯，對啦，是不錯……」

「里希特哥哥？」

見里希特含糊其詞，不只艾倫和賈迪爾，連亞克都覺得不解。

「你們淨化了這麼廣的範圍，身體都還好嗎？」

聽到里希特這麼說，艾倫和賈迪爾這才驚覺並看向對方。不過他們並不覺得有哪裡疲憊，也就回答沒問題了。

「嗯～多虧你們，這座山馬上就會恢復原狀了。謝謝你們嘍。」

「是！」

兩人同時朝氣蓬勃地回答。里希特總覺得自己好像又多了個要費心照顧的弟弟。

「里希特大人，如果不會給您造成困擾……」

「嗯？」

「我聽說亞克大人和您為了循環全世界的魔素，非常盡心盡力。」

「噢，嗯。不過我只是負責監視大哥啦。」

「如果可以，能讓我也來幫兩位的忙嗎？」

「賈迪爾？」

「我想了解更多關於這個世界的事，想了解艾倫和你們珍惜的這個世界。請問……不行嗎？」

「咦咦～～？」

里希特一臉為難地看向亞克。亞克卻歪著頭，似乎不太懂賈迪爾的言下之意。

他大概是搞不清楚自己的使命和賈迪爾的力量有什麼關係吧。

「我——我我我！如果賈迪爾要幫忙，我也要！」

浮游在半空中的艾倫靈活地跳動，並舉起一隻手。所有人因此驚訝不已。

「艾倫也要來嗎！」

「嗯，因為平常都沒什麼需要淨化的場面啊。而且我希望在面對緊急時刻之際可以處變不驚！」

艾倫常常因為無法控制力量強弱而暈倒。為了學會控制，練習非常重要。然而明白歸明白，里希特還是忍不住呻吟。

「啊～～……他們這麼說耶。大哥，你覺得呢？」

羅威爾絕對不會默不吭聲吧。里希特逃避責任似的瞥了亞克一眼，沒想到亞克雙眼閃閃發光。

「……大哥？」

「艾倫，要幫……忙？」

「對！我想和亞克哥哥一起！」

「一……起！」

亞克轉為滿面開朗的笑容。賈迪爾乘勝追擊。

「我不會妨礙兩位。在亞克大人結束任務後，希望能給我練習淨化的機會。」

賈迪爾說完，艾倫在一旁用力地點頭肯定。

「跟艾倫！一……起！可以喔！」

「亞克大哥！」

見亞克立刻回答，里希特不禁有些微詞。不過看到艾倫他們那麼開心，他也難以說出「不行」二字。

「啊～～……你們可要自己去說服羅威爾哥哥喔。」

「好！」

「請包在我身上！」

「沒……問題！」

里希特一臉苦笑，因為他知道亞克根本沒辦法說服對方，照這個情勢下去，肯定會被耍得團團轉。一想到這點，里希特不禁放棄地聳了聳肩。

『里希特大人，還有吾陪您喔。』

「凡，你真的很能幹……」

里希特一邊苦笑，一邊提議：「已經中午了，回去吧。」

「好！」

充滿朝氣的聲音在四周迴盪，一行人就這麼瞬間消失無蹤。

＊

回到精靈城後，首先映入眼簾的是——宛如慶典般騷動不已的精靈們

乍看會覺得是在飲酒狂歡，仔細一瞧卻是一場西式自助餐派對。

望見坐在地上的奧絲圖雙手拿著瓶子，直接就口飲用，凡不禁怒斥：「母親！」

「哎呀，你回來啦！」

「吾、吾回來了。這是怎麼了？」

「是雙胞胎的慶祝宴啊！」

「呃……啊！」

經奧絲圖這麼一說，凡才想起出發前，雙胞胎學會了轉移。艾倫是在兩歲的時候學會的，當時已經被說很早了，但這對雙胞胎才十個月大。

「他們是天才！」

「呵呵呵，艾倫不嫌棄的話，也恭喜他們吧。」

「好！維爾克、莎提雅！」

艾倫奔向雙胞胎身邊。被雙胞胎擠壓得不成人形的羅威爾也擁抱艾倫，歡迎她回來。賈迪爾在遠處看見他們的模樣，心中不禁湧現一絲寂寥。

「小少爺，你也辛苦了。」

「不敢當。」

「呵呵呵，稍微習慣我們這裡了嗎？」

「咦？啊，是的……」

見賈迪爾有些心不在焉，奧莉珍露出一抹柔和的微笑。

「我知道這不能強求，不過你到現在還是很疏離呢。」

「咦……？」

「你看羅威爾那樣應該也懂，我們不會要你跟汀巴爾的王族斷絕關係。如果我們這麼做，艾倫會氣噗噗喔！」

「…………」

「要是你想念原本的家人，隨時可以回去喔。然後也隨時可以回到這裡。這才是所謂的家人呀。」

奧莉珍拋了個媚眼，對賈迪爾這麼說。

「沒想到您……您如此寬宏大量，再多言詞也無法表示我的感謝……」

原本隱忍的悲傷不斷湧現，塞滿賈迪爾的胸口。

既然已經成了半精靈，他便做好捨棄人類身分的覺悟，也捨棄了老家汀巴爾，才來到精靈界。

因為祖先的所作所為，他打從一開始就沒有天真地認為這裡會有人接納自己。即使如此，卻依舊無法捨棄小小的希望。正因為他已經下定決心要獻上最大的敬意，奧莉珍的話語才格外打動他的心。

「我一直覺得只要艾倫接受這份心意，我就很幸福了……沒想到會這麼依依不捨，湧現這樣的心情……我現在很厭惡自己，覺得自己真是無比貪婪。」

「沒關係呀，人就是這樣嘛。況且羅威爾也是這樣。」

「咦？」

「雖然沒有表現出來，但其實他在內心深處一直很擔心婆婆和索沃爾。是艾倫看穿他的心思，要他偶爾回老家。」

奧莉珍嘻嘻竊笑，賈迪爾則瞪大雙眼。

「反過來說，所有精靈們——包括我，都不懂什麼是家人。畢竟大家全～是我孕育出來的孩子嘛。」

奧莉珍告訴賈迪爾，她也是透過艾倫才學會何謂「家人」。

「那孩子非常珍惜家人，你也在這個圓圈內喲。所以你可以再任性一點沒關係。」

「…………好的。」

儘管只有一瞬間，賈迪爾的臉卻皺成一團，他於是做了個深呼吸。接著，他再度看向眼前興奮笑鬧的艾倫，露出幸福的笑容。

＊

當雙胞胎的慶祝宴結束，艾倫等人安靜下來後，里希特轉移到在談話室飲酒的羅威爾身邊。

「結果如何？」

「啊～嗯～～……」

里希特抓了抓後腦杓，似乎難以啟齒。見狀，羅威爾不禁皺眉。

「我失敗了。」

里希特俏皮地眨了眨眼，想矇混過關，羅威爾眉間的皺褶卻越變越深。

「你沒教他這個世界有多嚴苛嗎？」

「關於這一點，他根本比我們精靈還像個精靈嘛……」

「啊？」

「他的覺悟超乎我的想像，我反而被他嚇傻了……」

看著發出思索聲的里希特，羅威爾傻眼地說：

「那小子可是人界的王族耶，有覺悟很正常好嗎？」

羅威爾一臉費解，一副「你在說什麼鬼話」的表情。

「挖苦也行不通。」

「就算聽懂了，也不可能表現出來吧。」

「我無視他打招呼，結果被艾倫罵。」

「哪來的幼稚鬼？」

「他甚至還反過來幫忙……」

「哪來的好寶寶？」

「回神過來時，我已經喜歡上他那個人啦～！」

「你也太不中用了吧……」

被羅威爾不斷辛辣地吐槽，里希特感到很不是滋味。

「羅威爾哥哥不懂啦！他是我這一脈的人耶！」

直到里希特把話說得這麼白，羅威爾才「啊」的一聲想起來。

「我疏忽了。淨化是你的眷屬。」

「就是啊。我們相容性太好，反而很糟。他實在太乖了，跟艾倫一起給我吧！」

「你想死嗎？」

「我才不要！」

里希特踩到羅威爾的地雷，羅威爾因此「轟轟轟轟轟……」地發出黑色霧靄。但里希特仍對著地雷區丟下炸彈。

「啥！」

「況且他還不太會控制力量，會無意識地不斷淨化周遭耶！」

「他好像有在控制，知道不可以淨化被詛咒的傢伙。可是他一放鬆，周圍就會立刻受到淨化。」

「慢著……這可是不能放著不管的大問題耶！」

「就是說啊。而且他還會無意識淨化對方的負面情緒，感覺就像扭曲的心思被抽走，整個人呆在原地那樣。明明很討厭他，為什麼會有這種不可思議的心情啊！」

「慢著慢著慢著！這是什麼意思啊！」

「意思就是精靈們遲早會不再討厭他！」

「…………」

羅威爾這才想起，賈迪爾淨化了自己身上的詛咒，等同於淨化了詛咒所擁有的負面情緒。雖說是無意識發動的，但誰能想到會產生這樣的作用？

知道賈迪爾的力量比想像中還強，羅威爾愣住了。這時里希特提議似的開口：

「晚一點艾倫他們應該也會跟你說。我認為必須儘早安排他開始修行，所以我和亞克大哥循環時，會帶著艾倫和他。」

「嗯？」

「亞克大哥也贊成，所以請你當成這件事已經定案了……」

「亞克那傢伙絕對是認定了艾倫會跟去吧！」

「穿幫啦。」

他們不可能只因為賈迪爾一個人要修行就帶他同行。艾倫一直陪著賈迪爾，當然也會說她要跟。

「雖然我早就知道了，但亞克果然派不上用場。」

羅威爾憤慨地吼著：「我就知道！」里希特則是嘆了口氣。

「羅威爾哥哥，請你乾脆直接行動啦～」

「嗚……我不行……」

「為什麼？」

「奧莉看穿我的企圖，所以我被監視了。」

「你才是根本派不上用場！」

「你好大的膽子！」

雙方開始僵持不下。不過追根究柢，當初企圖之所以會被看穿也是因為敏特。站在羅威爾的角度來看，真的會被他氣死。

縱使幼稚地爭論，結果也不會改變。況且兩個當事人的態度都很認真，更是無法可想。

「敏特說他還有別的計策……」

「…………這句話可信嗎？」

「不可信！」

羅威爾立刻回答，惹得里希特只能嘆氣。

「反正就是這樣，我不幹了啦！」

「啊，喂！」

「哥哥你也是，最好在艾倫發現之前趕快罷手喔！」

說完，里希特便轉移回去了。

現在談話室除了羅威爾之外，已經沒有其他人了，室內一片寂靜。

剛才他忍不住起身想留住里希特，現在又重新坐回去，將全身的重量靠在椅背上。

「我也知道不會成功啊……」

他替自己倒酒，補滿杯子，一口氣喝下肚。

他自認很清楚自己的心思。他失去了臂彎中的艾倫，現在只是把那股喪失感丟給別人，混淆視聽。

「……親愛的。」

轉移過來的奧莉珍開口呼喚羅威爾。她輕盈地落地，帶著溫柔的笑容，坐在他的身旁。

羅威爾不發一語，就這麼靠在奧莉珍身上。而她也抱著他的頭，輕輕撫摸。

第七十四話　拉菲莉亞的誓言

為了處理事業，這天艾倫和賈迪爾前往凡克萊福特宅邸。羅倫出來迎接兩人，並把他們帶到談話室。當他們抵達時，索沃爾和拉菲莉亞已經在裡面了。

「你們好！」

「呃……噢，艾倫，妳來啦……」

稀奇的是，索沃爾的臉上沒有平時的笑容，而是一臉為難。艾倫感到不解，不知道發生了什麼事。不過仔細一瞧，她發現拉菲莉亞坐在沙發上，顯得心不在焉。

如果是平常，她一定會比任何人都先衝到艾倫身邊才對，也因此常會挨索沃爾和羅倫的罵，今天卻完全沒注意到艾倫，只顧著想自己的事。

她皺緊眉頭，似乎有些想不開。

「拉菲莉亞，妳怎麼了？」

「啊，艾倫……」

聽到艾倫出聲，拉菲莉亞才驚覺她來了，於是迅速抬起頭。

艾倫聽說拉菲莉亞今天的訓練休息，所以等他們談完事業，約好要和伊莎貝拉他們一起辦一場下午茶會。

每當這種日子到來，拉菲莉亞都會等不及，先來到談話室，然後坐立難安地直問：「還沒好嗎？還沒嗎？」今天究竟是怎麼了呢？

更重要的是，艾倫覺得拉菲莉亞的臉色不太好，因此用念話和賈迪爾商量。

『對不起喔，我今天可以陪著拉菲莉亞嗎？我放心不下……』

『沒關係喔。如果有事，我可能會用念話跟妳商量。花點時間也沒關係，妳可以在空檔回答我嗎？』

『嗯，謝謝你！』

在來到宅邸前，艾倫和賈迪爾已經協商過今天要討論的要點了。就算艾倫不在場，照理說也可以順利進行。

賈迪爾在不遠處和索沃爾一起朝艾倫揮手，她看了也揮手回應。索沃爾同樣發現拉菲莉亞不太對勁，卻不知該如何是好，整個人坐立難安。

「怎麼了嗎？我可以聽妳訴苦喔。」

艾倫牽起拉菲莉亞的手，小聲說道。只見拉菲莉亞猶豫了一下，隨即看了一眼賈迪爾他們。

『你們可以迴避一下嗎？』

『我知道了。』

賈迪爾對索沃爾和羅倫說了幾句話後，就這麼離開談話室。艾倫用念話說了聲：『謝謝。』又重新看向拉菲莉亞。

她來到拉菲莉亞旁邊坐下。慢慢來，沒關係——說出這句話後，她便等待拉菲莉亞開口。過了不久，拉菲莉亞張開沉重的嘴。

「我、我跟妳說……喔……」

「嗯。」

「我聽說……那傢伙死了。」

「……那傢伙？」

艾倫不知道那傢伙是指誰，拉菲莉亞接著才又小聲地說：「艾米爾……」

當艾倫和賈迪爾的婚約公開時，也公布了艾齊兒和艾米爾的事。悄悄舉辦葬禮是前幾天的事。

被詛咒吞沒的遺體可說什麼都沒留下，所以艾齊兒和艾米爾是以空棺的形式下葬的。據說棺木當中只放著她們生前愛用的東西。

「我……是為了出一口氣，才會當上騎士的……」

「啊……」

艾倫想起拉菲莉亞的母親艾莉雅位於老街的老家，那裡也是一間餐館。當時拉菲莉亞心情還沒整理好，因此跑去見艾莉雅，結果只看到被弄得一片凌亂的室內。

說不定艾莉雅他們出了什麼事。艾倫說服她趕快回去，卻遇上在留學前想好好見證這家人是什麼下場的艾米爾。

「她居然在我出人頭地前死掉……而且我聽說去阻止她作亂的人是妳和賈迪爾……只覺得自己怎麼這麼無力……」

「拉菲莉亞……」

「據說賈迪爾為了保護妳而差點死掉……我覺得……自己……根本是個廢物嘛……」

拉菲莉亞握緊拳頭，懊悔地發不出聲音。隨後，斗大的淚珠落在她的拳頭上。

她被自己的無力擊垮，而且當成目標的艾米爾死後，更失去了成為騎士的目的。

艾倫知道拉菲莉亞一直很努力……不，這幢宅邸的所有人都知道拉菲莉亞有多努力，所以索沃爾和羅倫才會那麼擔心。

「拉菲莉亞……對不起，我沒能跟妳說。」

艾倫也開口道歉，拉菲莉亞卻用力左右搖頭。

「怎麼可能會告訴我這種小兵啊！爸爸曾委婉地跟我說，大家是暗中前去接艾米爾回來對吧？說是太明目張膽的話會演變成戰爭……」

「嗯……」

「因為她被詛咒，精靈會知道她在哪裡……這樣根本不用硬把妳拉出去嘛！」

（咦？）

艾倫忍不住訝異，心想：原來是在意我！

「妳、妳誤會嘍！他們也禁止我跟去！」

「咦？」

「可是我很擔心爸爸他們，於是偷偷自己跑去了……」

「…………」

「我跟妳一樣很無力喔……所以賈迪爾才會保護我……」

一旦想起當時的事，艾倫依舊會發抖。畢竟賈迪爾為了保護自己而命在旦夕，但她根本不知道該怎麼辦才好。

「我們大家都知道妳一直很努力喔。可是艾米爾已經被詛咒吞沒，變成魔物風暴的核心，無論是人還是精靈都不能待在那個地方，情況嚴重到叔叔跟賈迪爾的護衛們全都跑去避難嘍。所以妳才不是無能為力呢！」

「艾倫……」

看到艾倫的眼淚一顆一顆往下掉，拉菲莉亞都忘記自己也在哭了，只是茫然地看著她。

「而且……而且……因為我……害得賈迪爾……如果我沒有大意，賈迪爾現在一定還是這個國家的王太子……」

「…………」

「我攪亂了賈迪爾的命運。我也很無力……」

拉菲莉亞不禁抱緊哭泣的艾倫，兩人就這樣靜靜地哭了好一會兒。不久後，雙方總算冷靜下來，也就放開彼此。

「妳為什麼會跑去那裡？按照妳的個性，跟去一定是有理由的吧？」

聽到拉菲莉亞這麼問，艾倫擦去眼淚，一邊說起當時的情況。

「雙女神……沃爾姊姊偷偷告訴我了。她說再這樣下去，艾米爾會被詛咒吞沒，變成魔物風暴的核心。而能阻止魔物風暴的只有我的力量……」

「魔物風暴！」

「爸爸也差點被詛咒吞噬，我才忍不住衝上前……」

「伯父他……」

畢竟這件事情牽涉廣泛，拉菲莉亞一時難以吸收資訊，有好一陣子反應不過來，但還是開口說出掠過心頭的想法：

「這應該不是因為妳無力吧？」

「咦？」

「妳是因為聽到雙女神那麼說才會過去的吧？」

「呃、嗯……」

就算她們沒有說，她應該也會去。但艾倫有些顧忌現在說出口。

「就算是一時大意，也不是妳的錯吧？真正大意的人是差點被吞噬的伯父他們。賈迪爾

會保護妳，也是出於他自己的判斷啊。」

「賈迪爾的……判斷？」

艾倫像是受到出其不意的攻擊般睜大眼睛。拉菲莉亞則說出自己當上騎士之後，心裡冒出的想法。

「當上騎士後，我稍微明白一些事了……貴族這種人啊只要身分地位越高，就算身為騎士也不會自己主動採取行動嘛。」

「行動……？」

「他們不會衝鋒陷陣攻擊不是嗎？若是王族更會被要求要躲在後面，對吧？騎士也會被要求要保護王族。因為爸爸是負責指揮的人，我知道要是他先被敵人幹掉就糟了啦……」

「呃……嗯。」

「我曾經看過某個有點階級的騎士貴族在那邊耀武揚威，實在覺得很討厭。平民出身的騎士們全被推去做雜事……雖然我以前也是那樣啦。」

想起從前的事，拉菲莉亞嘆了口氣。

必須被守護的王族和貴族之所以不會站上前線，是因為他們從小受的教育就是如此。艾倫也是要被人妥善保護的立場，但她總會自己衝鋒陷陣，所以不太懂躲在別人身後等待事情過去的感覺。這大概是凡克萊福特家的本色。

「既然賈迪爾挺身保護了妳，那就是他自己的判斷，不是妳要在意的事。」

「咦……」

這麼說起來，賈迪爾也曾說過他有一死的覺悟。無論艾倫有沒有出現，賈迪爾都是抱著死亡的覺悟，前往那個地方的。

見他笑著慶幸艾倫平安無事，她只是不斷落淚。

賈迪爾恐怕已經了然於心。為了不讓艾倫掛心，他可以斷言「那是自己的判斷」。正因為明白這一點，艾倫才覺得後悔。

前往汀巴爾王城後，艾倫這才曉得周圍的人是多麼仰慕賈迪爾。

即使他是虐殺精靈之人的子孫，對民眾而言仍是想守護他們的王族。

看事情的角度改變後，她親眼見到許多人類的內情。賈迪爾一路為他們奉獻，現在為了一點一點抽離，得花費很多時間獲得旁人的諒解，然後把工作交接給弟弟拉蘇耶爾。

望著他的背影，艾倫始終思考著這樣下去好不好。

「妳總是為了大家而勉強自己，不是嗎？不能覺得是自己的錯喔。」

明明是要聽拉菲莉亞訴苦的，不知不覺間卻反過來被安慰。察覺這件事後，艾倫以又哭又笑的表情對拉菲莉亞說：

「這樣說的話，妳也不是無能為力啊。」

「咦？」

「因為根本沒人知道事情會怎麼演變啊。艾米爾會死，也是她的命運吧？」

「呃、嗯……」

「艾米爾根本不打算回汀巴爾國喔，畢竟她已經與海格納國有所勾結，下次見面時應該就是兩國開戰的時候吧。然而陛下根本不願打仗，想先把問題排除。既然如此，就更沒機會見面了。」

「啊……對噢。」

無論拉菲莉亞多麼努力，到頭來艾米爾都很難看見她英勇的模樣。

況且都已經安排殺手，要在戰爭之前暗殺艾米爾了。一考慮到這點，要見面簡直難如登天。

「再加上參加那場行動的人，只有爸爸、叔叔……還有幾個近衛和賈迪爾的三個護衛而已喔。」

「咦……」

「別說小兵，上面的人也很難一起參與吧？」

英雄、騎士團長、王太子的護衛和專屬近衛——簡直是精英過頭了，無論怎麼掙扎，想必都沒辦法一同參與。

「……那我只能把爸爸踢下去了嗎？」

「咦？」

怎麼突然說這種話？難道拉菲莉亞想成為奉行實力主義的騎士團長嗎？艾倫驚訝得眼淚

都停了。

「拉菲莉亞，妳要當騎士團長嗎……？」

「我想說這是最近的一條路了。」

「……呵呵呵！」

「幹嘛啦？妳在恥笑我嗎？」

「不是。總覺得如果是妳，可能真的會當上喔！」

「是嗎？對吧？」

拉菲莉亞信心滿滿地咧嘴一笑，也已經不哭了。雙方笑了一會兒，最後一臉如釋重負。

「能和妳聊過真是太好了。」

「是嗎？我反倒被妳安慰耶。」

「看來妳也壓抑了很多事嘛……我們再多聊一點吧。」

「嗯……嗯！」

艾倫忍不住用力地點頭，拉菲莉亞也開心地笑了，然而表情馬上變得僵硬。不知道發生什麼事的艾倫原本還很擔心，不過原因似乎和剛才有些不同。拉菲莉亞一臉認真地說：

「我能去那傢伙的墓地嗎……？」

「艾米爾的？但那是王室的墓地……妳等一下喔。」

艾倫用念話向賈迪爾確認。賈迪爾很訝異，不知道為什麼突然會提到艾米爾的墓。但艾

倫還是拜託他，請他去疏通相關人士，好讓拉菲莉亞過去。

「賈迪爾也要來嗎？」

「對不起喔，王族的墓地有近衛守著，基本上只有王族血親才能進去。而且艾米爾的墓在需要有人帶路的地方，否則去不了……」

說到這裡，拉菲莉亞總算察覺，艾齊兒和艾米爾被當成計劃引發戰爭的罪犯，無法葬在一般的墓地，卻也不能入王族的墳墓。

「啊，原來如此……」

「不過應該會保持一點距離啦……」

「沒關係，就這樣吧。謝謝妳。」

「嗯。」

周圍的氣氛有些感傷，但拉菲莉亞已經不像剛見面時那樣一臉想不開了。

*

汀巴爾王城的後方，某座森林的外緣，深處有塊整地仔細的地方。

那是個像英式庭園般被各種色彩的花朵包圍之處。是祭祀歷代王族們的墓地，以等間隔建造出一座座墳墓。

到場的人以艾倫、賈迪爾為首，有擔任王族護衛的索沃爾、拉菲莉亞、賈迪爾的三名護衛，以及艾倫的護衛凱和凡。

羅威爾一聽到要去艾齊兒的墓地就面有難色，才會改由索沃爾陪同。

一行人穿過由大理石搭建成的華美拱門，來到開闊的場所，隨即看見有一塊巨大的石頭聳立在中央。

（這裡是……）

這裡離墳墓很近，同時擺著舉辦精靈祭的石碑。看到這個熟悉的地方，艾倫不禁停下腳步。

位於石碑內側的是境界不同的場所。艾倫想起自己每年都在這裡聽著賈迪爾的祈禱聲而哭泣。

「艾倫……」

賈迪爾從後方溫柔地握住艾倫的手。他似乎已經發現她的視線正對著前方的石碑。

「我覺得好懷念。」

「我也很懷念這裡喔。當我聽說妳就在石碑內側聽我祈禱時……」

聽到賈迪爾這句話，艾倫忍不住抬頭看他。

「我真的非常開心。」

賈迪爾勾起嘴角微笑，艾倫的臉都紅了。因為他的一句話，原本覺得悲傷的記憶一口氣

被不一樣的感受取代。

「我說你……」

拉菲莉亞瞇起眼睛，瞪著賈迪爾。

「怎麼了嗎？」

看到他滿面笑容地這麼反問，拉菲莉亞直接嘆了口氣，在場陪同的索沃爾在她身後非常慌張。

「不要卿卿我我啦，我會分心耶。」

「分心？原來如此。抱歉，我們平常就是這樣。」

賈迪爾若無其事地在回答中夾雜挖苦。拉菲莉亞等人聽出來後都「嗚哇……」一聲往後仰，表現得退避三舍。

「……多年的心意開花結果，還真是恭喜你啦。」

這回換拉菲莉亞挖苦回去。她大概是想嘲笑賈迪爾來到凡克萊福特家時的事，對他卻完全不管用。

「對啊，真是太好了。」

賈迪爾回以一抹毫無陰影的笑容。見他態度如此，拉菲莉亞眉間的皺褶越卡越深了。

「艾倫，妳真的要選這種執念很深又纏人的傢伙嗎？」

「拉、拉菲莉亞！」

索沃爾急忙斥責，但拉菲莉亞根本不在意。以艾倫的護衛身分隨行的凱也在後方點頭如搗蒜。見狀，凡瞇起眼睛看著凱，彷彿在說：「你也半斤八兩吧。」

突然有個話題丟到自己身上，艾倫忍不住交互看著拉菲莉亞和賈迪爾，雖然表情非常為難，卻仍帶著一點紅暈。

「我、我就要選……賈迪爾。」

艾倫紅著臉，忸忸怩怩地說。所有看到的人都用手掩著自己的臉往後仰。

「艾倫，我好高興。」

「呃……嗯。」

這時拉菲莉亞快速介入兩人中間，似乎以為他們又要開始卿卿我我了。

她大概是覺得既然羅威爾不在這裡，便只有她能保護艾倫了。

「哇……拉菲莉亞？」

「艾倫，可以跟我牽手嗎……？」

只見拉菲莉亞失落地抬起視線看著艾倫拜託她。目擊那副模樣的賈迪爾、凱和凡都發出「嗚嗯」的聲音，臉上的表情就像吃到什麼難吃的東西一樣。

至於索沃爾則是首次看見女兒做出這種舉動，在驚訝之餘瞪大眼睛，僵在原地不動。

「嗯！」

艾倫卻完全沒看懂他們在幹嘛。她立刻放開賈迪爾的手，與拉菲莉亞緊緊牽在一起，笑

著走向目的地。

被留在原地的人們都看傻了眼。

「拉菲莉亞小姐也很有兩下子嘛～」

賈迪爾的其中一名護衛勒貝笑著道出感想。

「啥！居然是連我都還沒做過的十指緊扣……！」

賈迪爾懊悔地吼著，所有人這才看清楚拉菲莉亞和艾倫的手是怎麼牽的——那是手指互相纏繞的十指緊扣，任誰都憧憬的十指緊扣。

艾倫的手太小，如果要讓賈迪爾大大的手指放入指頭之間，她就必須用力撐開手指。賈迪爾發現這點，覺得不能勉強艾倫，所以一直忍著。可是拉菲莉亞的手指較細，能毫無窒礙地與艾倫十指緊扣。

「唔……」

賈迪爾的心中靜靜燃起妒火，旁人看了都有些退避三舍。

執念很深又很纏人——拉菲莉亞的話語在所有人的腦中重播。

「殿下……」

或許是習慣了吧，護衛發出感到傻眼的聲音。艾倫就這麼聽著背後的聲音，往目的地王室之墓前進。

*

「這就是……艾米爾的墓。」

眼前的墓是個樸素的墳墓，根本看不出是王室的墓。

剛才的庭園並排著歷代王室的墳墓。而這裡遠離那座庭園，要再往裡頭的小徑繼續走才會抵達。一旁的土地並未受到整理，也沒有花朵開在這裡。

柵欄的另一邊就是懸崖，下方也只有一大片森林。

「真是……寂寥的地方。」

「這裡是祭祀犯下罪責的王族的地方，他們會一起下葬此處。」

「是共同墓地嗎？」

「對，很難以置信吧？我聽說以前也是這樣。就算是王族，一旦讓家族蒙羞，即使沒有犯罪也會被葬在這裡。」

「怎麼會……」

這是個藏著悲傷事實的墓地。艾倫讓意識飄向遠方，好讓自己不聚焦在這件事上，然後從護衛手中接過帶到這裡來的鮮花，就這麼放在墓前。

她聽說其實也不可以獻花，但拉菲莉亞堅持要帶。

獻花之後，所有人開始默哀。拉菲莉亞卻沒有這麼做，而是瞪著墓。

「我送花給她，她應該覺得備受屈辱吧。」

她嘴上雖這麼說，表情卻有些失落。

「我開始不太懂，自己跟她有什麼不一樣了……」

「拉菲莉亞？」

「被逐出學院時，我的確有些自暴自棄。然而當我聽到她本人表示那是她一手策劃的，就一直很恨她。」

「………」

所有人都不發一語，聽著拉菲莉亞的獨白。

「我明明是為了出一口氣，才會成為騎士的，結果一回過神來，她卻死掉了……實在是笑不出來。」

拉菲莉亞瞪著墓。其他人也不知道該說些什麼才好。

「如果走錯一步，我可能就會變成她了……我曾經這麼想過。」

剛來到凡克萊福特家時，拉菲莉亞恨著周遭的人，無論做什麼都不順利，也因此焦躁不已。

如果她一直憎恨艾倫，當海格納的爪牙盯上艾莉雅時，拉菲莉亞也會在現場。但她們或許不會得救，反而會因此命喪黃泉。

正因為有艾倫的關懷，她才能獲得這麼多幫助。

艾米爾對拉菲莉亞說過，她們同樣因為流言而被人指指點點。大家都說她們的母親很爛，她們也同樣囂張跋扈。彼此的境遇是一致的。

如果艾米爾也像拉菲莉亞這樣，在某個時間點產生改變，或許現在還會待在王城，不會去海格納了。

「拉菲莉亞……」

索沃爾把手放在拉菲莉亞的肩膀上。

「以前我的目標是要給她好看，可是現在也結束了。所以啊，爸爸……」

拉菲莉亞轉身背對墳墓，面向索沃爾，然後輕輕拍開他的手。

「……咦？」

索沃爾睜大眼睛，不知道拉菲莉亞為什麼要拍開他的手。隨後，拉菲莉亞大聲宣布：

「我會努力，然後把爸爸拉下台！」

「咦……」

拉菲莉亞不顧已然啞口無言的旁人，充滿幹勁地宣示：

「我會變得更強，目標是當上騎士團長！」

「咦咦咦咦咦咦？」

見所有人都一臉「為什麼結論會是這樣！」的表情，艾倫於是補充說明：

「她沒能加入去接艾米爾回來的隊伍裡，所以想成為在上位的人……最快的辦法就是把叔叔……」

「我要把你從團長的位子上拉下來！」

聽到拉菲莉亞這麼宣告，索沃爾一臉鐵青。

「不不不，慢著慢著慢著……拉菲莉亞一開口就不是開玩笑的耶。」

現在連賈迪爾都臉色發青，想阻止拉菲莉亞。

「什麼啦，我很認真耶！每次都是艾倫被捲進麻煩……我也想保護她啊！」

拉菲莉亞的宣言太令人吃驚，艾倫忍不住探出頭來。

「咦……我？」

「對啊，因為我不能放著艾倫不管。妳會跟王族結婚吧？如果要保護妳，沒有爬到騎士團長的地位，根本不可能站在妳身邊嘛！」

拉菲莉亞「哼」了一聲。聽到這番宣言，艾倫感動得整顆心都揪成一團。

「拉菲莉亞……」

艾倫實在太開心，以紅潤的臉龐望著拉菲莉亞。

見狀，所有人的臉色都越來越差。也難怪了，其實拉菲莉亞的實力僅次索沃爾……大家都說她有團長級的實力。

當然了，她並不知情。不過底下有些人一直戰戰兢兢，深怕她哪天就去搶奪索沃爾的寶座。

索沃爾和賈迪爾都慌了手腳，凱卻在他們身後嗤之以鼻。眼尖的拉菲莉亞很快便發現這點，兩人之間隨即冒出火花。

「我倒是和艾倫小姐一起前往艾米爾公主的所在地嘍。」

「你、你說什麼！」

在場每個人都心想：凱毫無疑問是惹怒拉菲莉亞的天才。

「艾倫！妳為什麼沒跟我說啊？」

「對、對不起……」

剛才她們獨處時，艾倫也道過歉了，但在氣頭上的拉菲莉亞似乎已經將這件事給拋諸腦後。

「我不甘心！反正你一定只是因為擔任艾倫的護衛才能順便跟去，幾乎都是靠凡的力量吧！」

「唔……」

被戳到痛處的凱沒了剛才的氣勢。拉菲莉亞則是光明磊落地挺起胸膛。

一旁的凡看了，也對凱嗤之以鼻。現在換凡和凱之間冒出火花。

「我絕對會變強，把你打趴在地上！」

「啊？辦得到的話就試試看啊。」

啪啪啪……正當火花不斷迸出之際，上空傳出一道慵懶的聲音。

「不然妳跟我締結契約吧。」

啥……？眾人往聲音傳來的方向看去，發現有個人浮在半空中。

「母、母親……？」

凡一愣一愣地出聲喊出對方的身分。

「嗨。」

奧絲圖輕佻地舉起單手打招呼，凡卻訝異地瞪大雙眼。

「請、請等一下！妳打算跟誰締結契約！該不會……」

「當然是那邊那個野ㄚ頭啊。」

奧絲圖一副「你問這什麼鬼問題」的表情。所有人都啞口無言。

「妳的回答呢？」

奧絲圖降落地面，筆直地看著拉菲莉亞。

「等、等一下，什麼意思啊！」

「妳想要力量，不是嗎？如果要和那個小弟弟爭高下，跟精靈締結契約是最快的辦法吧？」

「是這樣沒錯……可是妳為什麼要選我啊？」

「啊～……為什麼啊？其實我一直很在意妳啊。」

（對了，奧絲圖有時候會跟著我來到領地，然後在遠處看著拉菲莉亞……）

艾倫也很驚訝，卻也覺得有跡可循。奧絲圖恐怕是在那次鼓勵拉菲莉亞之後，就一直很在意她了。

當時的景象仍記憶猶新。過去她跟奧絲圖提到消沉的拉菲莉亞恢復精神了，奧絲圖也才鬆了口氣。

這次她想必也是聽聞拉菲莉亞沒精神，感覺怪怪的，才會偷偷跟過來看吧。

「……妳在我訓練時也有來看我吧？」

「原來妳發現啦？」

沒聽過的事實不斷冒出，所有人都一臉驚訝……不對，重要的是，奧絲圖是代表精靈界的靈牙統領。

她是遠比凡要強的精靈，很明顯的，要是一個沒處理好，拉菲莉亞就會變成能力僅次於世界第一的羅威爾的人。

「請稍等一下！母親要和那個小丫頭締結契約……要是父親知道，會下起腥風血雨啊！」

「你很吵耶。跟他沒關係吧。」

「事情沒這麼簡單啊！」

凡慌張的模樣很不尋常。護衛們都很心慌，以為他口中的大精靈父親是個非常不好惹的對象。

「而且！這個小丫頭！以前曾經惹哭公主殿下啊！這點絕不可饒恕！」

「啥？」

眾人的視線不禁集中到拉菲莉亞身上。她自己也很困惑地說：「我惹哭艾倫……？」

「可別說妳忘了！吾很會記仇，可是記得清清楚楚！」

「有人會說自己愛記仇嗎！再說，以前是什麼時候啊！」

「就是妳被抓走的時候！」

拉菲莉亞和艾倫同時忍不住發出「啊……」一聲。經凡這麼一說，好像真的有這麼回事。

「小姑娘把公主弄哭了？」

「啊……以前啦。可是我道過歉了。」

「嗯，她跟我道過歉了。」

「那不就好了？」

問題瞬間就獲得解決。見狀，凡完全不知道該說些什麼。

「對了，後來我也被凡弄哭了嘛。」

艾倫接著說出勁爆的事實。經她這麼一說，凡才想起自己當時說了關於胸部很沒神經的

話，讓艾倫嚎啕大哭。

「小不點把公主惹哭了……？」

轟轟轟轟轟……奧絲圖的氣息轉為怒氣。

「這麼說來好像是耶。」

見拉菲莉亞也散發類似的氣息，每個人都在心中想著：她們還真像……

「公、公主殿下……」

真不知道凡剛才的氣勢跑去哪裡了。見他慌得耳朵和尾巴都露出來，艾倫嫣然一笑。

「那時候我們也和好了，不是嗎？所以已經不要緊了吧？」

「嗚唔唔唔……」

還放在心上的人只有凡而已——被迫意識到這件事的他慌了手腳。在場的人都心想：果然沒人敵得過艾倫。

而奧絲圖沒理會他們，湊到拉菲莉亞面前。

「所以妳會跟我締結契約吧？」

「為什麼結論會是這樣啊……」

「咦？妳不要嗎！」

賈迪爾一臉驚愕，彷彿在說：「妳不要跟精靈締結契約？說這什麼傻話啊？」

其他人也呆愣在原地。此時只有艾倫冷靜地詢問理由。

「拉菲莉亞，妳有什麼在意的事嗎？」

「……因為這樣感覺就不是我的實力啦。」

「咦？」

「我想確實地靠自己的實力往上爬……我也覺得跟精靈締結契約很光榮喔！想是這樣想……但我覺得自己還沒有那種資格。」

「拉菲莉亞……？」

她覺得光是有精靈提出締結契約的要求就已經很光榮了。然而即使身邊的人和精靈締結契約，她也從未覺得他們很狡猾。

若是以前的她，或許就會說出這種話吧。事實上，她也記得自己曾對和凡締結契約後的凱說過，要他跟著自己。

不過自從她把騎士當成目標後，即使碰到其他令人羨慕的事，她也只會祝賀他人。

（對了，就算處在身邊有很多精靈的環境，她也沒說過自己想跟精靈締結契約……）

「我知道光憑現在的我根本不可能達到那個地位。即使如此，如果只因為跟精靈締結契約就被賦予那樣的地位……這我無法接受。我要用自己的力量把爸爸拉下台！」

「最後那句話是怎樣……」

索沃爾一臉複雜，不假思索地脫口而出。

眾人這才終於明白，拉菲莉亞並非不想締結契約，但她也不知道該怎麼表達吧。奧絲圖同樣只是靜靜等待拉菲莉亞的話語。

這段期間，凡偷偷用念話通知某人，因為他心急了。他覺得一定會見血，非得快點逼拉菲莉亞拒絕不可。

『父親！母親要和人類小丫頭締結契約了！』

不待拉菲莉亞做出回答，現場突然暗了下來。緊接著，上空傳來一股威壓感。

「咦…………？」

所有人一同望向天空，只見有隻盛怒的巨龍正齜牙咧嘴。

第七十五話　騷亂之中

『居然有人類想和我心愛的奧絲圖綿結契約……！看我燒死她！』

龍……？在場某個人這麼低喃，場面隨即慌亂不已。城堡上空突然出現龍，自然是一大騷動。

「呃……難道是敏特嗎？」

艾倫曾聽說他是會變化的精靈，卻萬萬沒想到居然會是變成龍。

她以前曾經看過他盛怒的模樣。那是他察覺汀巴爾的王族對精靈做了什麼而去調查時的事。

『那群傢伙……！居然沒學會教訓，恬不知恥！』

她記得當時敏特這麼大叫，還露出獠牙，差點就要變化了。但不知道是因為氣昏頭，還是真的心急，眼尖的艾倫發現這條龍的雙眼之間還留著一副眼鏡。

「喂，小不點……你居然把事情變得這麼麻煩啊。」

「不通知父親的話更會見血吧！那可不是把小丫頭五馬分屍就能解決的耶！」

無視於慌了手腳的凡，敏特聽到「小丫頭」三個字，很快就發現是拉菲莉亞。

『是妳嗎！』

見敏特就像發現餌食般衝向拉菲莉亞，艾倫不禁大喊：

「敏特，快住手！」

然而他完全不聽艾倫的制止，就要上前攻擊拉菲莉亞。正當奧絲圖也把手伸向劍柄，準備拔劍之際，拉菲莉亞靜靜地低喃：

「你不要來礙事啦。」

拉菲莉亞一個怒瞪敏特，瞬間跳上空中。

「拉菲莉亞！」

艾倫發出尖叫，拉菲莉亞卻已經來到敏特眼前。她在空中轉了一圈，接著毫不留情地用腳後跟重重攻擊敏特的眉心。

剎那間，一聲「咚」的沉重聲響傳遍四周。

『唔噢……』

敏特的身子一晃，同時發出一道「砰」的消失聲。

當他墜落地面時，已經是恢復人型的敏特了，所有人都看傻了眼。這時，拉菲莉亞漂亮地落地。

「你好吵，安靜一點啦。」

她拍了拍手裡的灰塵。墜落地面的敏特則是不斷抽搐。所有人還來不及回過神來，拉菲

莉亞便重新面對奧絲圖。

「我還是個不成熟的人，所以不想逃進精靈這條捷徑。但是如果我以後變得更強……妳可以再來找我嗎？」

拉菲莉亞這麼拒絕，奧絲圖卻哈哈大笑。

「啊哈哈哈哈哈！妳都可以把這傢伙打飛，已經很強了啦！」

「咦？」

說完，奧絲圖直接獸化，變成一隻巨大的白虎，緊盯著拉菲莉亞。隨後，彼此之間出現一道魔法陣。

『我承認妳很強喔。光是能和我締結契約就已經是妳的實力了。而且所謂的「強」也不是只有力量。』

「不只是……力量？」

『妳的內心很強。而且啊，我們一旦受到吸引，不管怎麼做，都一定會被牽著走。』

「吸引……」

『和精靈締結契約者都是受到認可的人。所以妳大可放心，這也是妳的實力。』

魔法陣發出光芒，力量逐漸凝聚，周圍吹著狂風。艾倫的體重較輕，差點被吹走，因此賈迪爾抱著她。

『吾名奧絲圖，是風之大精靈，也是靈牙的統領。來，接收我的力量吧！』

「咦？咦——！」

隨著拉菲莉亞發出困惑的尖叫，周圍開始被光芒包覆。奧絲圖和拉菲莉亞身邊都吹著和煦的風。

『以後就多指教啦！』

奧絲圖豪爽地大笑，顯得心情很好。接著她叼起倒在地上的丈夫，說了聲要把他放回去，就轉移消失了。

「…………」

目睹這一連串離譜的事，留在現場的人們都只能呆在原地放空，所有人的腦袋根本來不及理解眼前究竟發生了什麼事。

見拉菲莉亞還不太清楚發生了什麼事，艾倫戰戰兢兢地對她說：

「拉菲莉亞，恭喜妳締結契約……」

「咦咦咦咦咦咦——！」

拉菲莉亞的叫聲就這麼響徹周遭。

*

之後，被奧絲圖叼回精靈界的敏特，直接被扔在精靈城的大廳。

羅威爾等人紛紛聚集過來，想知道怎麼了，結果卻看到敏特昏厥的模樣。大家都很驚訝。

「哎呀哎呀，不好了。誰來把敏特搬走吧。」

奧莉珍嘴上說著：「不好了。」其實一直用水鏡從頭看到尾。她一邊苦笑，一邊命令女僕們。

「真是的，派不上用場的廢物。」

也不管自己同樣派不上用場，跟奧莉珍一起來到現場的羅威爾吐出辛辣言詞。他似乎也在奧莉珍的旁邊看到了一切始末。

「一擊就把人撂倒，真不愧是猛獸。」

羅威爾一邊道出感想，一邊像扛米袋般把敏特扛在肩上，丟到客房的床上。

和奧絲圖締結契約的拉菲莉亞是艾倫的親人。要是敏特在盛怒之下企圖殺死拉菲莉亞，一定會激怒奧絲圖和艾倫。

這樣的未來顯而易見，所以奧莉珍和羅威爾都小心翼翼地觀察敏特的狀態，並在精靈城照顧他。當他清醒時，卻是失落地直掉眼淚。

他們甚至落得看著敏特邊哭邊求奧絲圖不要拋棄他的下場，令人背脊發涼。

「好煩好煩——！啊～～真的是～～煩死了啦啊啊啊！」

看到敏特被奧絲圖輕鬆丟出去，「啪」一聲摔在地上，所有人都閉口不語。接著敏特再

度開始啜泣，眾人依舊帶著憐憫的眼神看他。

「該怎麼說……有必要這麼沮喪嗎？」

羅威爾打從心底感到不解。但敏特根本不理羅威爾，只顧著喃喃自語：

「我明明這麼愛奧絲圖……」

見敏特的身體好像冒出某種黑色的東西，羅威爾不禁退避三舍。

「這傢伙……是不是不太妙啊？」

羅威爾忍不住這麼問奧莉珍。在他身旁的奧莉珍這才嘆了口氣解釋：

「羅威爾也真是的。你在知道艾倫跟小少爺締結契約時，不也想宰了人家嗎？」

「啊。」

看來羅威爾已經全忘了。重新想起這點的他皺緊眉頭，怒氣似乎再度被點燃。

「不對，艾倫是跟異性啊！」

「這根本無關吧？如果重要的人有了其他在意的人，你不會介意？」

「我會！」

羅威爾立刻回答，這才明白敏特的心情。他同情地看著緊貼在地板上的敏特，一手拍他的肩。

「辛苦了。」

「這根本沒安慰到我！什麼叫做『辛苦了』啊？莫名其妙！」

看到敏特忍不住抬起頭來反駁，羅威爾說了聲：「你很有精神嘛。」

「奧、奧絲圖……！明明有我了，為什麼要花心……！」

敏特的眼裡又湧出淚水。羅威爾見狀只覺得相當傻眼。

「她那樣不是花心吧？我也透過水鏡看到了，她絕對是覺得自己找到一個不會膩的玩具啦。」

羅威爾出言安撫。可悲的是，敏特根本聽不進去。

「嗚嗚……您根本不懂我的心情啦。可惡，關於艾倫小姐的契約……我看您最好也跟我一樣體會怨嘆的心情啦！」

敏特突然抬頭。羅威爾和奧莉珍都不明所以地眨了眨眼睛。

「那件事……我不幫了！」

「啥！不是你先起頭的嗎！」

「是您要我出主意的！接下來您自己看著辦吧！」

「如果可以，我早就自己來了！但我被監視……」

慌亂當中，羅威爾突然想起現在是什麼狀況，因此冒著冷汗看向身旁。

「哎呀，你說的監視是什麼意思呀～？」

奧莉珍可愛地把頭歪到一邊，眼睛當中卻沒有笑意，反而可以聽見「轟轟轟轟轟……」的地鳴聲。看樣子……奧莉珍罕見地生氣了。

「奧、奧莉……我跟妳說，我是……」

「我不是說不能妨礙艾倫嗎！不乖！」

「哇啊啊！」

精靈城轟隆晃動。羅威爾和奧莉珍久違地爆發夫妻爭吵。

艾倫和賈迪爾碰巧前往汀巴爾城，所以逃過一劫。但他們肯定料不到回到精靈城時，會發現城堡已經半毀。

*

想當然耳，拉菲莉亞和精靈締結契約後，可說是舉國歡騰。而索沃爾得知對方是精靈界前五名的高階精靈後，整個人瞬間失神，臉色直接刷白。

「我看拉菲莉亞已經超越索沃爾閣下了吧……」

賈迪爾面露苦笑地說，艾倫也苦笑著同意這個說法。

「敏特是精靈界的宰相。精靈界現在也在大肆討論，說是有個人類一擊就把他給放倒了。」

「那傢伙是精靈界的宰相……」

拉菲莉亞以意外的表情低喃。艾倫一邊苦笑，一邊在心中認同她明白拉菲莉亞想說什麼。

在那之後，拉菲莉亞依舊沒什麼真實感。不過因為奧絲圖堅持跟在拉菲莉亞身邊，她這才總算慢慢湧現真實感。

「為什麼總要待在人家身邊啊？」

一隻巨大的白虎幾乎占滿了整個房間，就這麼睡在拉菲莉亞的旁邊。靈牙的統領有時會像這樣來到拉菲莉亞身邊午睡。

『有什麼關係？那邊如果有人要找我，會自己聯絡我啦。』

「她總是這樣……」

苦笑著的拉菲莉亞看似習慣的如是說。

（奧絲圖只是想從纏人的敏特身邊逃走吧……）

拉菲莉亞身邊剛好成了絕佳的避難場所。因為拉菲莉亞擊敗了敏特，他始終防著她，不敢靠近。

知道事實的艾倫也只能苦笑。但反正拉菲莉亞身邊現在吹著安穩的風，艾倫覺得這樣就好了。

當所有人都回到凡克萊福特宅邸後，羅威爾也一起前來協商。

既然拉菲莉亞成了精靈魔法師，對騎士團來說同樣需要調整，看拉菲莉亞日後要待在哪

個單位。

關於這件事，拉菲莉亞堅持要留在騎士團，講都講不聽。

「拉菲莉亞還只是個見習騎士啊……」

索沃爾抱頭苦思。女兒被國家承認是精靈魔法師，他根本不知道應該怎麼安排她的去處，看起來很困擾。

想想也是，畢竟騎士團當中並沒有和大精靈締結契約的騎士。

凱本身的定位很特殊，儘管形式上是索沃爾的下屬，卻不屬於騎士團。

他比較接近優先處理艾倫相關事務的私兵。但如果現在又冒出另一個和大精靈締結契約的見習騎士，上頭想必不會默不吭聲。

「我是覺得成為見習團長輔佐官比較恰當……」

「嗯，不錯啊。反正她有實力吧？」

索沃爾這麼低語，羅威爾也表示贊同。聞言，拉菲莉亞的表情瞬間亮了起來。

「要當爸爸的輔佐官嗎！我會加油！」

拉菲莉亞以閃亮的目光看著索沃爾。索沃爾在開心之餘，眼中湧出淚水。

「爸、爸爸？」

「嗚嗚……我的女兒長大了……」

「對吧對吧？聽到女兒說這種話，一定會很感動啦。」

看到面前的羅威爾對此點頭如搗蒜，拉菲莉亞在慌亂之中感到無比難為情。

「拜託，爸爸，別這樣啦！」

「嗚嗚……我不會讓妳嫁人喔……」

「突然講這個是怎樣！」

這樣的互動，不禁讓人覺得他和羅威爾果然是兄弟。見狀，艾倫和賈迪爾都相視而笑。

「話說回來，猛獸配猛獸啊……」

「爸爸，你說了什麼嗎？」

艾倫笑咪咪地問道。羅威爾也笑咪咪地回答：

「什麼都沒說喔。」

「壞話是從這張嘴說出來的嗎？」

艾倫抓住羅威爾的兩頰用力拉扯。女兒願意和自己互動，羅威爾開心地讓艾倫對自己為所欲為。

「拗罔喔，艾文。」

「別再說壞話了。不然維爾克和莎提雅會有樣學樣。」

「辣可幼蒿了。」

「呵呵呵。」

羅威爾被拉扯的臉頰顯得有些紅。艾倫邊道歉邊撫摸，讓羅威爾笑得彷彿要融化一般。

賈迪爾欣慰地看著這幅光景，在心中發誓，自己也要建立這樣的家庭。

*

被拉菲莉亞一擊撂倒的敏特，直到現在依舊不斷啜泣。

「真是的～你這樣是很有趣啦。可是夠嘍～～」

敏特的狀況糟到頭頂都快長出香菇，就連奧莉珍也傻眼到忍不住抱怨。

「嗚咕……我心愛的奧絲圖……被人類玷汙了……」

「討厭，你不是也被那個人類打了一下嗎？」

「嗚嗚嗚！那是我一時不察！」

「即使如此，你被撂倒仍是事實吧？你也該承認了。」

奧莉珍在嘆息之中開導敏特，但他依舊不能接受。

精靈們都有腦袋裝滿肌肉，或是覺得力量就是一切的特質。在精靈界中，大家都說有個人類撂倒敏特，也獲得奧絲圖的認可，是個令人畏懼的存在。然而對大精靈來說想必是奇恥大辱吧。理所當然地，敏特被同位階的大精靈嘲笑了。

「嗚嗚嗚！簡直是奇恥大辱……！」

「又繞回去了……」

奧莉珍嘆了口氣，接著沒由來地看了一眼一旁的水鏡。

裡頭可以看見奧絲圖就睡在拉菲莉亞身旁。看到平常那麼活潑的奧絲圖難得如此安詳的模樣，奧莉珍這才察覺某件事——那就是她守著拉菲莉亞的眼神非常溫柔。

「啊，我想起來了……」

奧莉珍似乎想起什麼事，嫣然一笑地對敏特丟下一顆炸彈。

「小奧是不是想要一個女兒呀？」

「咦……？」

當她對全身僵直不動的敏特表示奧絲圖從前曾經這麼說過後，敏特的眼睛立刻發亮。

「女兒……因為想要女兒，才跟人類小ㄚ頭締結契約……！」

「應該不是這樣吧。因為小奧和那個女孩很像呀，大概是放不下吧。」

「為什麼……為什麼不告訴我！如果是這樣，事情就好說了！」

「啊。」

在原地抱膝磨蹭的敏特突然起身，直接轉移消失。奧莉珍知道他應該是去找奧絲圖了，但總覺得有股不忍直視的心情。

她戰戰兢兢地窺探水鏡，接著聽到這樣的對話：

『如果妳想要一個女兒，大可跟我說啊！我的奧絲圖，妳太見外嘍！』

『啊？你突然出現，在講什麼鬼話？』

『我們來拚個孩子吧！』

敏特露骨的發言明顯讓奧絲圖感到一陣焦躁。

接著水鏡當中傳出沉重的聲響。奧莉珍嚇了一跳，將視線挪開水鏡。那毫無疑問是奧絲圖揍飛敏特的聲音。

「啊～……小奧，對不起喔……」

是我太衝動了嗎……沒人知道奧莉珍如此道歉。奧絲圖則是受夠了不知為何如此死纏爛打的敏特。

後來，得知凡也說了「女兒也不錯」這種話後，敏特在歡喜之餘又跑去纏著奧絲圖——精靈們時不時會看到這樣的場面。

第七十六話　五年後的艾倫他們

後來歲月飛逝，艾倫終於二十歲了。

儘管速度不快，艾倫仍一點一點地成長，現在已經成了一名身材嬌小的女性。活潑的朝氣稍微收斂，大家都說她是個婉約的女性。

「婉約是在說誰？」

「艾倫……」

「婉約啊～」無論是當事人還是周圍的人，對此都露出苦笑。即使長大了，她的內在依舊沒變。一旦發現在意的事就會興致勃勃地鑽進去；一旦陷入沉思就會看不見周遭——這些壞習慣依舊健在。

賈迪爾陪在這樣的艾倫身邊，理應維持著成為半精靈時的年紀，卻增添了男性韻味，身形也有微幅的成長。

雖然跟實際年齡比起來或許比較稚氣，不過旁人都很驚訝，即使他成了半精靈，年歲依舊會增長。

最近外表甚至變得比羅威爾稍微年長了。知道這件事後，羅威爾嫉妒得咬牙切齒。

「為什麼啊！為什麼你會長大！」

「我不知道……」

「我想應該是因為小少爺成為半精靈時，身體的損傷比較少。畢竟羅威爾的身體幾乎都替換掉了嘛。」

聽到奧莉珍說出可能的理由，羅威爾這才驚覺確實如此。

「那這小子會比我更早老死嗎？」

聽到這件事實，艾倫驚愕地瞪大眼睛，臉上瞬間堆滿悲傷，眼裡也泛出淚水。這對賈迪爾來說似乎同樣非常出乎意料，但看到艾倫就快哭了，他急忙抱緊她，想讓她安心。

『怎麼可能啦。』

沃爾的聲音突然在水鏡之間迴盪，雙女神接著轉移現身。羅威爾隨即「噁」了一聲，發出難聽的聲音。

「其實呀，小少爺是被艾倫的成長帶動的喲。」

「咦……？」

艾倫擦了擦眼淚，詢問這是什麼意思。華爾於是拋了個媚眼回答：

「艾倫，好久不見啦！其實我一直有看著妳，不過妳真的長大了耶～」

雙女神呵呵笑道，把艾倫夾在中間。雖然還是和以前一樣被埋進豐滿的胸脯裡，不過大概是因為長高了，她只覺得是個被夾在柔軟東西間的天國。

（好驚人……）

好羨慕……艾倫跟以前一樣欣羨地望著雙女神。見狀，賈迪爾苦笑著詢問理由。

「締結契約之後，小少爺的力量已經跟艾倫連接起來了吧？不過艾倫必須成長，獲得我們的力量之後，現在她確實長大了，力量也是。隨著身體成長，艾倫的力量也會更茁壯。小少爺因此被帶動而一起長大了。」

「對，沒錯。當艾倫的成長告一段落，小少爺的成長也會穩定下來。」

「嘖！」

羅威爾聽完立刻咂嘴。艾倫倒是鬆了口氣。

「太好了……」

「是啊，我也嚇到了。」

艾倫會活在悠久的時光當中。她和賈迪爾方才都心生恐懼，以為賈迪爾只會陪在艾倫身邊一小段時間。

兩人忍不住輕輕擁抱彼此。雙女神和奧莉珍都欣慰地望著這幕光景。

「喂……」

羅威爾卻苦澀地發出低沉的嗓音。不知道是否到現在都還沒完全放棄讓婚約作廢，他偶爾會像這樣心情不好。

「討厭，羅威爾真是的，也該放手讓孩子獨立了吧？」

「我不要——！」

見他抗拒地大叫，雙女神和艾倫都大大嘆了口氣。

「還是老樣子啊……我沒想到他居然會這麼始終如一。」

「就是啊……」

眾人說著說著，雙女神突然「啪」的一聲拍手。

「艾倫的結婚典禮，我們也要去喲！」

「咦？」

「就是呀！這種事不常有，我們期待得不得了喲！我們也會叫上眷屬，大家一起祝福你們喲！」

「咦咦……？」

精靈界沒什麼舉辦結婚典禮的概念。真要說有辦過，也只會在一族當中舉辦。

羅威爾和奧莉珍結婚時，是因為必須讓精靈們都知曉這件事，才會盛大舉辦。不過在人界時，他們曾在艾倫和艾伯特的祝福下悄悄舉辦過一場婚禮，也讓人記憶猶新。

至於艾倫則會在汀巴爾國舉國進行婚禮。距離那天到來只剩下沒幾天，又要試禮服，還要聽人說明婚禮大致流程，每天都忙得不可開交。

「居然能獲得女神們的祝福，好高興喔。」

「呃、嗯……」

到時候會場想必會掀起一陣騷動吧。別說是預感，艾倫根本可以肯定就是會這樣，雙眼因此有些失神。

*

「五年一下子就過去了耶。」

「就是啊。」

即將舉行婚禮的艾倫和賈迪爾，在精靈城的露台仰望夜空。

橫越五年的歲月，有許多東西都變了。

拉菲莉亞已經在兩年前結婚，對象是身為平民的卡爾。索沃爾因此大鬧一番，一發不可收拾。

畢竟她與大精靈締結了契約，不能變成平民，因此是以卡爾入贅的形式結婚的。他們在凡克萊福特宅邸的腹地內蓋了一幢別館，兩人一起生活。

在這五年間，拉菲莉亞有幾個差很多歲的弟弟和妹妹出生。現在加上休姆和拉菲莉亞，總共是五個兄弟姊妹，凡克萊福特家因此成了三代同堂的大家族。

「拉菲莉亞和卡爾先生結為連理時，我都哭了。」

「我現在都還記得拉菲莉亞慌張地問：『為什麼是妳在哭？』」

看到賈迪爾嘻嘻笑道，艾倫也害羞地笑了。

被忙碌的生活追著跑的休姆，如今也已經訂婚。對方是陪患者來治療的女性，比艾倫年長兩歲，是個有些夢幻又婉約的人。

那名女性一直陪伴、照顧體弱多病的母親，來到凡克萊福特的治療院。

後來她在治療院照顧母親到最後，成了無依無靠的傷心人，休姆實在無法不去管她。

休姆建議女性在忙碌的治療院工作，結果在共事期間萌生了愛意。

「聽說休姆在治療院附近新蓋了一個家喔。」

「這樣啊。他的婚禮也快到了吧？」

「嗯，好像婚後就會搬到那個家生活了。」

艾倫在一旁笑看索沃爾卯足了勁，想蓋一幢偌大的宅邸，結果被休姆給阻止了。

休姆堅持要憑藉自己的能力蓋，結果索沃爾哭求休姆讓他做這點小事——艾倫實在忘不了那幅光景。

當時休姆一臉厭煩，卻因為索沃爾說了句：「蓋一間大書房吧！像圖書館那麼大！」和休姆締結契約的智慧精靈艾許特聽了心情大好，最後休姆也只好妥協。

「對了，希爾公主還好嗎？」

「她很好，會來參加婚禮喔。」

「好高興！」

如今希爾和艾倫是很要好的朋友。更進一步地說，拉菲莉亞也加入了她們的圈子。

艾倫和希爾都知道拉菲莉亞學院時代的模樣，起初氣氛非常尷尬，但後來那種氣氛很快就被抹消了。

重要的是，拉菲莉亞現在已經是守護王妃、公主的女性騎士，同時也是近衛隊長，非常活躍。她們說話的機會一口氣增加，常常一起喝茶。

在名帖騷動後，希爾馬上舉行了婚禮。在艾倫認識的人當中，她是訂婚期間最短的人。

這也是因為送名帖給希爾的杜蘭就是不肯放棄希爾。

海格納的間諜在誤會下強行進入城內，克拉赫差點被暗殺，當時的場面真是慌亂萬分。後來艾倫等人一起去請求杜蘭，甚至拜託羅雷和艾雷說服杜蘭，眾人為此奔波不已。最後是希爾的一句話為這件事劃下休止符。

「要是克拉赫被殺，我就去殺了海格納的王。」

不用說，聽到希爾面無表情地撂下這句話，拉比西耶爾大笑出聲。

當艾倫請艾雷轉達這件事後，杜蘭便很乾脆地對希爾死心了。

「被殺掉可就糟了啊。」

聽說杜蘭聳著肩這麼說道。

「海格納的國王好像還沒要結婚……」

「對啊，殘虐王這個名號很出名，不管他遞名帖去哪裡都被拒絕了。」

「咦……」

聽到這種實在是自作自受的狀況，艾倫說不出話來。

「對了，還有邀請律爾閣下來喔。」

「咦？律爾先生？」

「嗯。我想說如果在海格納那邊可能很危險，所以招待他到離汀巴爾王族比較近的地方了。另外，我也請了菲爾費德的傑佛瑞閣下，可以見到大家嘍。」

賈迪爾笑嘻嘻地說。艾倫也開口道謝。

她來到汀巴爾國之後，所有與她有關的人都一口氣前來獻上祝福，讓她感到有些害羞。

不過最令她吃驚的，是腹黑——拉比西耶爾的變化。

他始終遵守他在汀巴爾學院對奧莉珍許下的約定。

自從知道汀巴爾王族被精靈詛咒，其他貴族們都在背地裡瞧不起他們。

然而賈迪爾和希爾相繼解除詛咒，再加上公布賈迪爾和精靈公主的婚約，那群人馬上就見風轉舵。

他們不知道從哪裡聽說艾倫幫忙了凡克萊福特領的事業，送來大量以茶會為名的邀請函給艾倫。王妃和希爾卻將它們一份一份撕毀。

拉比西耶爾對艾倫表示完全不用露臉沒關係。艾倫打從心底感謝他給的這句話。

（因為我幾乎不知道人界的禮儀規範啊……）

羅威爾也說不用學沒差，只教過她最基本的禮儀。

（可是不知道也很可怕，所以我自己看書學習，並請教過奶奶了……）

儘管是出於害怕無知的行動，但如今她覺得那些付出有收穫了。因為就算只能用在跟王妃她們的茶會上，終究還是有派上用場的機會。

儘管王妃她們都明言艾倫的禮儀沒有問題，拉比西耶爾依舊警告貴族們不准靠近艾倫，同時也告訴艾倫不必見他們。

但既然艾倫不行，就把矛頭轉向賈迪爾的貴族依舊絡繹不絕。為了對付這種人，國王親自挺身保護賈迪爾。

望見拉蘇耶爾也緊跟在後的身影，艾倫和賈迪爾都很驚訝。為了保護兩人，王族團結一心。

賈迪爾本想為了守護艾倫出面，卻反遭拉蘇耶爾阻擋，這件事令他訝異無比。

看到拉蘇耶爾正氣凜然的態度，賈迪爾瞪大眼睛盯著他好一陣子。

因為他意識到，拉蘇耶爾準確地繼承了身為王太子的風範和意念。這讓他相當高興，卻又有些落寞。

「短短的五年，眨眼間全變了……」

無論是人、城鎮，還是精靈的存在方式都變了。其中變化最大的就是汀巴爾國，精靈和

人變得更為親近。

「就是啊。沒想到這一天會到來。」

艾倫把頭靠在身旁的賈迪爾肩上，賈迪爾隨即摟著她的肩膀，將她拉了過來。

打從詛咒發動的那天之後，他們有好一段時間都保持著很遠的距離，根本沒想過有朝一日能像現在這樣走近彼此、相互依偎。

一旦婚禮結束——光是走過那短短的一天——他們所處的環境就會變得完全不同。儘管對這件事有些不安，他們卻仍相信一定可以攜手共進。

「不過以我的角度來看，倒是有種『總算要結婚』的感覺喔。」

「總算？」

「嗯，應該也是因為我一直期盼和妳結婚。不過更重要的是我以前一直很想靠近妳，想前進到不能再往前的距離和妳說話。不覺得我這番心意尤其資深嗎？」

賈迪爾開心地說著。不過時至今日，艾倫還是會覺得難為情。

「討厭……」

賈迪爾十二年來一直思念著艾倫，讓完全沒注意到這點的她感到有些羞愧。

「呵呵呵，好期待妳穿禮服的模樣喔。」

賈迪爾邊說邊把臉湊過去。艾倫雖然一瞬間露出鬧彆扭的表情，卻馬上輕輕閉上眼睛。

從唇瓣傳來的柔軟及熱度，就這樣久久不散。

＊

隔天，白鴿在晴朗的天空中交錯飛翔。教堂的鐘聲響起，新郎與新娘莊重地走過中央。

羅威爾看到艾倫穿著那身用了非常多蕾絲的純白禮服，瞬間哭了出來。現在在親屬席位上的他依舊不停哭著。

艾倫的眼角餘光可以看到拉比西耶爾望著這樣的羅威爾，不禁退避三舍的模樣，差點忍不住笑了出來。

『怎麼了嗎？』

賈迪爾以念話詢問。但他剛才其實也因為看到艾倫穿禮服的模樣，感動得無法動彈。他盯著艾倫，不斷重複不發一語、只是緊抱著她的動作。艾倫只得催促他前往教堂：

「好了，要走嘍！」

『陛下看到爸爸的模樣，整個人退避三舍。』

經艾倫這麼一說，賈迪爾也感到好奇，迅速看了一眼她剛才看的地方，算是不經意地瞥了一眼而已。結果他也「呵」了一聲，嘴角跟著上揚。

艾倫靠著賈迪爾的手臂，兩人一起緩步走在紅地毯上。他們來到神父面前，神父欠身後抬起頭來。

（奇怪……這個人……）

好像在哪裡見過。艾倫忍不住盯著神父，他於是對著艾倫微微一笑。

他攤開雙手，彷彿要擁抱整個會場，然後開始自我介紹。

「那應該是十幾年前的事了。有一對夫妻也在今天這樣晴朗無雲的藍天下，經過雙女神的見證，舉行了一場婚禮……」

神父的話語在教堂內迴盪。

「當時我是個小教堂的神父。那天我正拿著掃把在外頭掃地，突然有個青年出現，帶著外表和他如出一轍的小女孩前來。這件事恍如昨日。」

神父的表情相當柔和，接著懷念似的瞇起雙眼。

「青年問我，這裡是否可以提交結婚證書……」

突然出現的這名青年似乎很趕時間。看見青年的模樣，神父一臉難以置信。

「我對青年說了，不去大聖堂證婚，這樣好嗎？但青年趕時間，所以想在這裡舉辦。」

聽到這裡，艾倫訝異地睜大眼睛。昔年往事隨著令人懷念的記憶一同復甦。

「但我沒看見青年的對象，於是疑惑地問他的對象是哪位？結果青年說了，他這就把人叫來……」

羅威爾身旁的奧莉珍也終於訝異地睜大眼睛。見狀，神父對著奧莉珍微微行了個禮。

「原來青年是英雄羅威爾。而他的結婚對象則是大精靈奧莉珍女王。」

現場的空氣瞬間躁動，所有人都一齊看向羅威爾和奧莉珍。此時羅威爾瞬間止住淚水，一臉若無其事。奧莉珍則是揮手致意。

「我現在依舊記得當時的感動。我親眼看見雙女神的祝福，況且當時在一旁感動的小女孩，經過一段歲月後，如今又站在我面前了。」

天啊，這是何等有緣呢？這就是精靈的指引。我的內心充滿感激——神父繼續說道。

「是那時候的神父……」

神父似乎聽見了艾倫這道低語，感動得熱淚盈眶。

「艾倫小姐，好久不見了。」

「我才是……能再見面，我很高興。」

一想到祝福父親和母親的神父現在也會祝福自己，艾倫就高興得不得了。

「憶起當時的事，就像昨天發生的一樣鮮明。同時我也要感謝雙女神，讓我見證這另一對新人。」

神父獻上祈禱，隨即請賈迪爾和艾倫大聲說出誓言。

「我賈迪爾．拉爾．汀巴爾，向雙女神沃爾發誓，會與艾倫攜手共進。」

「我艾倫．凡克萊福特，向雙女神華爾發誓，會與賈迪爾攜手共進。」

說出誓言後，他們在文件上簽名，接著擱下筆。修女默默致禮來到他們身邊，把一個小盒子交給賈迪爾。

（……咦？）

艾倫沒聽說有這個橋段，腦袋一片空白。

（奇怪？這是什麼？）

因為緊張，她練習了無數次，但她現在心中湧現不安，以為是自己沒聽到有這個橋段。

這時賈迪爾打開了那個小盒子。

盒子裡放著一對對戒。

「咦……」

這個世界並沒有交換戒指的風俗。若有人做過，大概就是艾倫自己送給雙親的祝賀戒指吧。

「妳嚇到了嗎？這是我聽羅威爾閣下說的，妳把這個送給他們……」

「…………」

艾倫已經快哭出來了。而賈迪爾把熠熠生輝的鑽戒套上艾倫的左手無名指。

理所當然地，艾倫也在賈迪爾的左手無名指上套上鑽戒。

「請進行誓約之吻。」

神父說完，艾倫和賈迪爾看著彼此。賈迪爾輕輕掀起艾倫的頭紗，吻下誓約之吻。

噹……噹……教堂的鐘聲響起。此時，突然有道光透過教堂的彩繪玻璃射進來，照在艾倫和賈迪爾身上。七彩發光的花瓣在空中不斷飛舞。

「這……真是……」

奇幻的花瓣被雙女神的神像吸進去，並在四散的同時出現了兩道人影。

「難道是……！」

雙女神華爾和沃爾隨著一道聲響現身。她們臉上帶著笑容說：

『我們聽見你們的誓言了。』

『沒錯，聽見了。』

教堂內迴盪著奇幻的聲音。所有人都張大眼睛，看著親自蒞臨的雙女神本尊。

『我是洞悉一切的沃爾。』

『我是定罪的華爾。』

兩人像照鏡子般，對著天際舉起左手和右手。隨後，魔法書溢出光芒，迅速飛到雙女神身邊。

『我們確實收下你們的誓言了。』

『沒錯，收下了。』

說完，雙女神突然發出柔和的光暈。花瓣隨著那道光，一起在教堂中飛舞。

『艾倫，要幸福喲。』

『艾倫，碰到困難要說喲。』

雙女神拋了個媚眼，對艾倫這麼說。

「雙女神承認這樁婚姻了！兩位從現在開始就是一對夫妻！」

隨著神父如此宣告，兩人沐浴在蜂擁而至的祝福當中。花瓣再度飛起，在空中不斷盤旋，不曾落地。

兩人走在紅毯上，沿路都有花瓣撒落，同時空中還有某種光芒四射的東西飛舞著。

那是藍色和紫色的小寶石，不時反射著七彩光芒，就這麼落在地面。

「呵呵呵，我把掌管寶石和植物的大精靈叫來，學艾倫對我做過的事。」

奧莉珍從空中緩緩下降，大精靈們也隨後出現在空中。

就在人類們看傻了眼的當下，艾倫和賈迪爾走到教堂門口，只見有匹融合獨角獸和飛馬的純白馬匹，拉著一輛兩人坐的小馬車在那裡等著。

首度在這個世界看見頭上有根角且長著翅膀的馬，艾倫和賈迪爾都嚇了一跳。

況且拉著韁繩的車伕居然是羅威爾。

「這是……」

「啊～……有嚇一跳嗎？」

兩人面帶苦笑，但還是坐上馬車。才剛走進去坐好，他們便立刻感覺到結界的氣息。羅威爾就是為了這個，才會擔任車伕吧。

停在馬車後的白色馬匹上坐著索沃爾，在他旁邊的人則是拉菲莉亞。

他們都穿著騎士正裝，跟在後面擔任護衛。

「大家……」

見拉菲莉亞送出秋波，艾倫感動得都快哭了。一旁的賈迪爾也很開心。

汀巴爾的大聖堂位在王都中央。大聖堂前有條很大的馬路，路上正在舉辦遊行。

艾倫和賈迪爾坐在緩慢向前的馬車內，對著民眾揮手。

「好漂亮的新娘！」

「她就是精靈公主啊！」

各種聲音隨著祝福傳來。

「等等……那不是英雄羅威爾嗎！」

「騙人！」

「那是什麼馬！有翅膀耶！」

「還有角……！」

伴隨著各種聲音，馬車在中央大道走了一段路後突然開始加速。

「咦？」

「哇……艾倫，抓穩了。」

艾倫被賈迪爾扶著，觀望事情的走向。只見奔馳的馬匹張開翅膀，馬車就這麼飛向天際。

「咦咦咦咦咦！」

「不會吧——！」

下方不斷傳出這樣的聲音，艾倫忍不住笑了出來。

「你知道會有這個橋段嗎？」

「我也沒聽說，所以嚇了一跳。」

就在艾倫和賈迪爾依舊處於驚嚇之中時，羅威爾開口了。

「艾倫，我們也有祝福要給你們喔。」

「咦？」

馬車在汀巴爾上空盤旋。他們可以看到人形化的大精靈們一一列隊，形成一條道路。

站在最前頭的奧絲圖咧嘴一笑，舉起手上的劍。

就像某種口令一樣，各個大精靈都跟著舉劍。那幅光景令人嘆為觀止。

此外，地面上也一樣，由索沃爾和拉菲莉亞率領騎士們舉劍。

「大家……」

「真是太好了。大家都在祝福你們喔。」

聽到羅威爾這麼說，賈迪爾訝異地回頭看向他。

「至於我……才不會說出來呢！」

聽到這句牽強的反話，艾倫笑個不停。

「好開心……」

賈迪爾的眼裡泛出淚水。艾倫於是靠著他，微笑說：

「賈迪爾，真是太好了。」

「嗯……謝謝妳。」

艾倫和賈迪爾十指緊扣，套在手指上的鑽戒隨之發光，就像在祝福他們一樣。

隨著飛上天際的馬車消失，在空中的大精靈們也跟著無影無蹤。

當這般奇幻的光景結束後，只留下一臉茫然的王國民眾。

輕飄飄的七彩花朵就像被吸入地面一樣逐漸消失。所有看見的人都面面相覷，大叫：

「這不是夢！」

後來索沃爾和拉菲莉亞一邊苦笑，一邊說王都有好一陣熱鬧得像慶典一樣，他們為了警備工作自然是疲於奔波。聞言，艾倫和賈迪爾只能低頭道歉。

第七十七話　又過了五年

在世界的某個地方，有個叫做汀巴爾的王國。

某天這個幸福生活的王國旁，突然湧現許多魔物。

王國的人民受到驚嚇，跑去求國王救他們。

國王於是委託國內最強的精靈魔法師處理。

這名精靈魔法師義不容辭，和精靈一起前去剷除魔物。

然而卻有難以計數的魔物湧出。

再這樣下去一定會戰敗，因此精靈魔法師用盡最後的力量戰鬥。

他請求並肩作戰的精靈：

「用光我所有的力量也在所不惜。把妳的力量借給我吧。」

「好吧……」

與精靈魔法師並肩作戰的這名精靈，其實非常喜歡精靈魔法師。

她不可能會否決他的心願。

即使精靈一臉悲傷，心想這或許就是最後了，她還是實現精靈魔法師的心願，解放自己

的力量，瞬間擊退眾多魔物。

精靈魔法師耗盡力氣後，倒下了。

一起作戰的同伴也趕到他的身邊。

但耗盡力氣的他已然斷氣。

所有人無不沉浸在悲傷之中。

眾人當中，最傷心的就是那名精靈。

「我不會讓你死……」

精靈流著淚這麼說，想要把他帶回精靈國度。

精靈留下一句「我要在精靈國救活他」，便與精靈魔法師一起消失了。

周圍的人都茫然不已，卻也只能託付給精靈，並祈禱他能平安無事。

*

後來過了好幾年——

與精靈一同消失的精靈魔法師成了一國的英雄。

同時也在精靈國獲救，與那名精靈結合，生了一個女兒。

沒想到那名精靈竟是精靈界的女王。而精靈魔法師的女兒，便成了精靈公主。

人與精靈結合後，生下的公主非常可愛，是個眼眸中閃耀七彩光輝的公主。

她非常喜歡身為英雄的父親，也因此對人類很和善。

她救助為傷病所苦的人們，給人類的國家帶來各種恩惠。

因此人類開始稱呼她為「治癒公主」。

然而，有時也會出現一些居心叵測的人。

他們想得到這位公主，竟然跑去抓她。

公主的英雄父親，以及汀巴爾的王子因此動身尋找她、去救她。

當公主命在旦夕，汀巴爾的王子即時挺身保護公主。

結果汀巴爾的王子喪命。

見狀，公主傷心地哀嘆。

隨後，精靈女王對哭泣的公主這麼說：

「把他跟你父親一樣，帶回精靈界救活吧。」

精靈公主聽了，點頭答應。

後來過了一段時間，獲救的汀巴爾王子和精靈公主一同回到汀巴爾王國。

其實汀巴爾的王子一直很喜歡公主。

他一回國，立刻對公主求婚。

公主也點頭答應了。

對公主而言，汀巴爾的王子就是英雄。

「讓我們永遠攜手共進吧。」

雙方這麼許下約定。

王子和公主之後也融洽地過著幸福的生活。

*

「……皆大歡喜，可喜可賀……」

凱呆板地唸著繪本內容，莎提雅卻大叫：

「討厭，明明是這麼棒的故事，你為什麼總是唸得很沒感情啊？」

她是個十歲的女孩。長相與羅威爾．凡克萊福特一模一樣。

「被逼著唸了一百次，當然會變成這樣……」

凱盤腿坐在地上，女孩則是坐在凱的腿上。凱就這麼無神地望著遠方，從女孩的頭頂發出低語。

「而且我討厭這個故事。」

「什麼～～！為什麼？這是爸爸和姊姊的故事耶！」

「所以才討厭啊……」

二十六歲的凱已經是個成年男性。

在旁人的眼裡，看起來就像凱在唸故事書給女兒聽，但他其實是被莎提雅逼的。

「莎提雅，妳又在聽那個故事嗎？妳真的很喜歡耶。」

「啊，維爾克。」

名為維爾克的男孩，與少女莎提雅有著一模一樣的面孔。

每個人都說他無論樣貌還是個性，都和以前的羅威爾・凡克萊福特如出一轍。

「維爾克少爺。」

「凱，凡在嗎？」

『吾在這裡。』

獸化的凡隨即轉移現身。維爾克一看到他便立刻綻放笑容，整個人埋進他的毛皮裡。

「今天也是很棒的毛茸茸！」

「啊～我也要！」

看到這對雙胞胎同時埋進毛裡，凱和凡都露出苦笑。

「兩位和艾倫小姐真是一模一樣。」

「我們就是看著姊姊，才學會享受這份喜悅的呀。」

「沒錯，這是姊姊親傳的招數。這招一定要一直流傳下去才行。」
雙胞胎不斷磨蹭凡的毛皮。
原來是親傳的啊……凱心想。不過凡倒是引以為傲。
後來過了這麼多年，凡到現在依舊致力於保養自己的毛皮。
『吾最近在洗髮精和潤絲中間，還會用護髮素嘍！』
「我很看好你花費在自己毛皮上的心態喔。」
「對，沒錯。我們之後再幫你梳毛喲。」
『那是吾的榮幸！』
凡的尾巴大大地擺動。凱不禁遙望遠方，只要有人喜歡他那身毛皮，他恐怕會永遠保養下去吧。
「我一直有個疑問，你都是怎麼保養自己的毛啊……？」
凱有這個疑問很正常。維爾克和莎提雅聽到這個問題，雙雙把頭從毛皮中抬起。
『真是不識趣！這可是商業機密啊！』
看到凡生氣，維爾克突然想起一件事。
「凡絕對不會讓別人看到他保養毛皮耶……」
「就是呀。姊姊也說她從沒見過。」
儘管雙胞胎的視線刺人，凡依舊說什麼都不打算示人。

「好堅持喲。」

「真是堅持啊。」

凡自覺似乎開啟了雙胞胎的惡作劇開關，但還是扭頭不看他們。

如果不能再享受毛皮，雙胞胎也會很傷腦筋，所以唯有白虎的奧絲圖和凡的吩咐他們會乖乖遵守，現在也只是盯著凡看，沒有做什麼。

「對了，凡，你可以快點跟凱解除契約嗎？不然人家都不能跟凱締結契約啦。」

「我才不會跟您締結契約！」

『本人說不要喔。』

「呿！小氣鬼——！」

莎提雅抱怨完後，又埋進凡的毛皮中了。

「呵，莎提雅，妳前途多舛耶。」

「什麼嘛，維爾克為了獨占凡的毛皮，不是很支持我嗎！」

「我沒差啊。畢竟凡的妹妹出生了嘛。」

『什……』

「咦——！我都不知道有這回事耶！」

「咦？噢……出生了啊？恭喜你。」

『……王子殿下，您的消息為什麼會比吾還要靈通？』

「因為敏特大叫了。」

『噢……』

凡突然遙望遠方，凱不禁同情他。

凡的父親敏特看到女兒出生，想必是興奮不已吧。

「所以我當場就提出婚約了。」

『啥……？』

「我說，我要和你妹訂婚。」

『王子殿下……吾的妹妹還是嬰兒，連眼睛都還沒睜開喔……吾想她也不懂什麼是訂婚。』

「就是這樣才好啊。等她睜開眼睛，會希望她最先看到我吧？」

『您會被父親和母親宰嘍……』

「呵呵，我才不會犯下那種失誤。對了，敏特他對這件婚事樂見其成喔。」

『怎麼會……看來會被母親殺死的人是父親了……』

維爾克年僅十歲就嶄露頭角，凡和凱的心中都是冷汗直流。

因為這對和羅威爾一個模子刻出來的雙胞胎年紀雖小，腦袋卻已經轉得很快，總是不知道他們下一秒會幹出什麼事。

即使如此，哥哥維爾克掌管「誠實」，妹妹莎提雅掌管「正直」。

他們的行動都沒有任何虛假。然而就是因為他們的行動和感情從不迂迴，才有無窮無盡的煩惱。

「維爾克的愛好沉重～～」

莎提雅這麼說著。維爾克同樣輕描淡寫地說：「妳也是啊。」

「聽說妳在凡克萊福特家的周圍纏著凱不放啊？」

「咦？你為什麼會知道啊？我想說先搞定他身邊的人，所以現在正在行動。」

「妳還把凱的婚約搞砸了吧？」

「沒錯。都有我了還訂婚，真是失禮！所以我處罰了艾伯特！」

「爸爸……」

凱無力地低頭。

自從在艾倫的婚禮上擔任保母後，莎提雅就迷上凱了。

儘管剛開始羅威爾氣得大罵，但莎提雅當時年僅六歲，頭腦就已經好到可以把父親說倒了。

明明是羅威爾把她交給凱的，一旦她黏著凱又突然說不行。不必說，看到羅威爾這樣，莎提雅提早到來的叛逆期就這麼正式展開。

加上自己說不過莎提雅，羅威爾傷心落淚。

旁人都戰戰兢兢地說：「是羅威爾……小小羅威爾……」

「維爾克，你不是很疼姊姊的女兒嗎？我還以為你會跟她訂婚。」

「因為是姊姊的女兒，我才會疼她。這種感情是親情，不是愛情。妳也懂吧？一旦有心動的感覺，就會追求更多。心裡的思念還會越來越滾燙。」

「也對，我懂喔。我對凱就是這種感覺喲！」

莎提雅從凡的毛皮起身，轉而抱住凱。

「饒了我吧……」

凱仰望天空低喃。凡則是語帶同情地說：「你加油……」

「對了，凱是人類吧？妳要怎麼辦？」

「就算凱老了，我還是很期待啊。我打算等他享完天年後把靈魂取出來，然後請媽媽把他變成精靈。」

「嗚哇，有夠沉重。凱真是被可怕的人看上了……」

「饒了我吧——————！」

凱認真逃離莎提雅掌心的戲碼，就此展開。

尾聲

我的腦袋隱約知道這是一場夢。

我在伸手不見五指的黑暗當中，有好多隻手不斷伸向我。

那些手就快抓到我之際，我忍不住哭喊：

『母親！』

當我獨自啜泣，突然有隻手放在我的頭上。

那是隻溫柔且溫暖的手，總是慈愛地撫摸我。

『怎麼啦？』

「媽媽……」

『妳又作惡夢了吧？來這邊。』

溫暖的臂彎摟著我。

怦怦——令人安心的心跳聲包圍著我。剛才明明還那麼害怕入睡，現在卻已經覺得不要緊了。

我被令人安心的暖意和心跳聲包圍，迷迷糊糊地打起瞌睡，此時身後傳來一道男人的低

沉嗓音。

『她最近是不是都睡得很淺啊？』

現在換成一隻又大又溫柔的手，梳理著我的頭髮。

『好像是作惡夢了。下次要不要去拜託綴特拉看看呢？』

『也對。我們就三個人久違地進入這孩子的夢中，一起陪她玩耍吧。』

『呵呵呵，好像很好玩！』

『好了，再睡一會兒吧。艾倫，妳也睡眠不足吧？』

『賈迪爾，謝謝你。』

身旁傳來衣物的磨擦聲，可是抱著我的暖意並沒有離開。

我在半夢半醒間喃喃說著：

「媽媽……妳在嗎……？」

『我在喲。我們不是約好了嗎？』

『是啊。我們要永遠在一起。』

『晚安，艾謬爾。』

她是獲得代表「保護」之名的小小女神，目前還在等待孵化的那一天。

未來是否會破殼而出，全取決於她自己。

未來她將會和家人一同攜手往前。

這就是她生前的思念，同時也是願望。

《轉生後的我成了英雄爸爸和精靈媽媽的女兒》完

後記

非常感謝各位讀者購買第九集。

《轉生後的我成了英雄爸爸和精靈媽媽的女兒》終於來到最後一集了。出版成書後，大約過了四年。從我投稿在網路上直到完結，大概是五年吧。

這段期間，我於公於私都發生了許多事，也有過無法執筆，讓讀者等待的時候，能衝刺到最後，我覺得很光榮。

我之所以能寫這麼多艾倫他們的故事，全都是多虧購買本書的各位讀者。真的非常謝謝各位。

《轉生後的我成了英雄爸爸和精靈媽媽的女兒》如書名所示，主題是「家人」。

我打算寫出艾倫的成長，直到她離開家人獨立為止，所以就在這裡告一個段落了。

不過這一集裡，途中有提到身邊的人的動向。

由於原本就擬好了相關設定，寫出「身邊的人會變成這樣……」因此便以加筆的形式，寫下特別多人關心的拉菲莉亞、索沃爾和休姆的故事。

至於其他人，說實話，因為會變成個別的故事，不會和艾倫他們扯上關係。基於這層內情，就……（苦笑）

一旦脫離主角，可能會讓人失去興趣，所以如果要寫，我會選擇刊登在「成為小說家吧」的網站上，讓大家可以隨時隨地選擇性地只看自己好奇的角色。我想用這種方式會比較好，所以在本集當中，就只輕描淡寫提到一點，不好意思。

我也會在同一個網站開設短篇集區，過一段時間也想寫寫看。

（不過現在刊登會爆雷，可能要再等一段時間……）

說真的，我沒想到能寫這麼多加筆內容成冊，真的是感慨萬千。

之前我想寫其他精靈的故事，所以能寫出跟之前風格都不同的第六集那樣的故事，我真的很高興。

另外，《轉生後的我成了英雄爸爸和精靈媽媽的女兒》其實是偷偷以英國為藍本，參考了許多妖精的故事和歷史。

結果各位猜猜發生什麼事了？我想這是一段很神奇的緣分，我的推特粉絲當中，有個人的祖父母是英國人。而這位粉絲表示，他居然將《轉生後的我成了英雄爸爸和精靈媽媽的女兒》的漫畫版寄給祖母！

收到這個令人震撼通知，這才曉得我的書進入了憧憬的當地。

原來真的會有這種事啊！我的內心瞬間充滿驚訝、喜悅，還有那麼一點點害羞（真的非常感謝通知！）

而且令人感激的是，本作不只在日本國內，甚至也在國外被翻譯出版。再加上一想到遠渡重洋的藍本之國，都已經有我的書存在，我就感動不已。

艾倫和我都一樣，受到眾人的鼓勵之後成長。

我沒想到透過大家的支持，能讓艾倫等人的世界以及我的視野拓展到今天這個地步。真的非常謝謝各位。

其實我也想補寫更多艾倫和賈迪爾的故事，但我深深覺得光靠這一集，實在是不夠寫。況且如果集中寫他們的故事，會偏離書名的意義，所以我真的很煩惱。

我煩惱了很長一段時間，思考該怎麼規劃續集。但我無論如何都想用書名作結，所以心一橫，決定在這裡結束。

不過網路連載結束時，有好多留言都問我：「續集呢……？」我看了非常開心（笑）。

我其實跟艾倫還有賈迪爾一樣，都是初出茅廬的菜鳥，完全是菜到不行的菜雞，所以他們的故事從現在才要開始。

為了建立新家族的故事一定也很快樂吧，所以我現在正在構思。

倘若要寫，應該會像第六集那樣，寫出充滿謎團的精靈方視角，或是世界整體。另外如果要連載，也會再次從網路起步。

我雖然想寫艾倫和賈迪爾，卻也想寫剛出生的雙胞胎兄妹。

還想寫等待破殼的新女神，別說一世、二世，寫到三世都行。

從家人連結到朋友、熟人。我未來也會繼續寫出這個用橫向的聯繫，拓展到全世界的故事。

不過我也想寫出在我的腦中成形的新的世界和人物，所以本作《轉生後的我成了英雄爸爸和精靈媽媽的女兒》，就在這裡告一個段落。

到了最後一集，本系列作突破了百萬銷量。多虧各位的支持，才能達成這麼驚人的數字。

漫畫還會繼續連載。未來也請各位多多支持《轉生後的我成了英雄爸爸和精靈媽媽的女兒》，以及備受大家疼愛的艾倫。

所有支持我走到這一步的人們、最喜歡艾倫的人們。

總是在身旁鼓勵我的責編K大人。責編M大人、校對大人、封面設計大人、業務I大人。

keepout老師，謝謝您畫的可愛的艾倫等人。

負責漫畫化的大堀ユタカ老師。SQUARE ENIX的責編W大人……

說我很努力的父母、姊姊、哥哥和親戚們。一起分享喜悅的朋友們……

感謝各位這麼長期的支持。如果還有緣，屆時請多多指教！

松浦

感謝各位長久以來的支持，
也謝謝大家替艾倫他們加油打氣！
讓我們未來在某個地方再見吧！
thank you
小說插圖繪者
keepout

國家圖書館出版品預行編目資料

轉生後的我成了英雄爸爸和精靈媽媽的女兒/松浦作；楊采儒譯. -- 初版. -- 臺北市：臺灣角川股份有限公司, 2024.01

冊；　公分. -- (Kadokawa fantastic novels)

譯自：父は英雄、母は精霊、娘の私は　生者。

ISBN 978-626-378-400-0(第9冊：平裝)

861.57　　112019382

Kadokawa
Fantastic
Novels

轉生後的我成了英雄爸爸和精靈媽媽的女兒 9（完）

（原著名：父は英雄、母は精霊、娘の私は転生者。9）

2024年1月25日 初版第1刷發行

作　者：松浦
插　畫：keepout
譯　者：楊采儒

發行人：台灣角川股份有限公司
總　監：呂慧君
總編輯：蔡佩芬
主　編：林秀儒
編　輯：邱瓈萱
設計指導：陳晞叡
美術設計：宋芳茹
印　務：李明修（主任）、張加恩（主任）、張凱棋

發行所：台灣角川股份有限公司
地　址：104台北市中山區松江路223號3樓
電　話：（02）2515-3000
傳　真：（02）2515-0033
網　址：www.kadokawa.com.tw
劃撥帳戶：台灣角川股份有限公司
劃撥帳號：19487412
法律顧問：有澤法律事務所
製　版：尚騰印刷事業有限公司
ISBN：978-626-378-400-0